裏切り者の
発見から解放へ

コンラッド前期作品における
道徳的問題

山本　薫 著
Kaoru Yamamoto

大学教育出版

はしがき

　本書は，2000年3月に大阪市立大学に提出した学位請求論文『想像力の変貌——コンラッド作品の内容と形式に見る「裏切り」——』をもとにしている．なにしろ今から10年も前の博士論文であるから（中でも『密偵』について論じた第4章などは修士論文をもとにしている），今回出版するに当たって全面的に書き直したい衝動に駆られた．しかし，今の自分の目線で書き直してしまうと当時の博士論文とはまた別のものになってしまうだろうから，最低限の加筆・修正をするにとどめ，恥を忍んで出版することにした．もちろん本書の根底にある考えの一部は今も変わっておらず，現在取り組んでいるコンラッドの後期作品の再評価に確実につながってはいる．もし博士論文を書かなかったなら，前期作品と比べれば依然として認知度も評価も低い後期作品にはとても手を出す気にはなれなかったであろう．当時書きためたものを博士論文にまとめるよう促してくださった大阪市立大学の荒木映子先生からは，主査として貴重なご意見とご指摘を頂戴した．改めて感謝を申し上げたい．修士論文以来，文学とは何か，文学作品を読むとはどういうことかをご教示いただいてきた栗山稔先生には，当時博士論文に関しても厳しい批評を賜った．この場を借りて心よりお礼を申し上げたい．残念ながら今回は，先生方のご指摘をもとに博士論文を根本的に改変するには力が及ばなかったが，栗山先生のお言葉をお借りするなら，発表することによって過去の業績から「卒業」し，反省点は後期作品への取り組みの中で最大限に活かしていくつもりである．

　2010年5月

著　者

裏切り者の発見から解放へ
────コンラッド前期作品における道徳的問題────

目　次

はしがき………………………………………………………………… 1

　序 ……………………………………………………………………… 7

第❶章　「闇の奥」──「裏切り者」の発見──………………… 12

第❷章　『ロード・ジム』──「裏切り者」に対する裁き──… 31

第❸章　『ノストロモ』──「裏切り」の意味の問題化 ──…… 50

第❹章　『密偵』──「裏切り」の秘匿 ──……………………… 71

第❺章　『西欧の目の下に』
　　　　──「東欧的」不条理としての「裏切り」──………… 88

第❻章　「秘密の共有者」──「裏切り者」の解放 ──………… 108

　結　　び………………………………………………………………… 125

裏切り者の発見から解放へ
―― コンラッド前期作品における道徳的問題 ――

序

　ジョウゼフ・コンラッド（Joseph Conrad）は，帝政ロシア支配下のポーランドで1857年に生まれ，16歳でフランスのマルセイユに渡り約20年間船員生活を送った．1886年には船長の資格とともに英国籍も取得している．1895年に第1作『オールメイヤーの阿房宮』(*Almayer's Folly*)(1895)を出版してから1923年に亡くなるまでの約30年に及ぶ作家生活の中で彼は，約20の中・長編と約30の短編を書いている．通常，彼の創作期間を前期と後期に分けて考えるのが一般的であるが，どの作品を転換点と見るかは，コンラッドをどういう作家として見るかという問題と関わってくるので諸説分かれている[1]．前期作品を特徴付けているのは，孤独な男性の道徳的な葛藤であり，後期作品では女性登場人物の活躍が目立ち，男女の愛が前景化されている．コンラッドは長く前期の作品群によってモラリストとして評価され，英文学の「偉大な伝統」に名を留めてきた．厳しい倫理意識こそリーヴィス（F.R.Leavis）が高く評価したコンラッド文学の特質である[2]．

　コンラッドは，『個人的回想録』(*A Personal Record*)(1912)の序文において，「この束の間の世界」は，「忠誠」という「極めて単純な観念」に基づいていると述べているが[3]，コンラッドの倫理観において「忠誠」（あるいは「裏切り」）は最も重要な観念であり，彼の作品の中で繰り返し主題となっている[4]．「闇の奥」("Heart of Darkenss")(1902)のクルツ（Kurtz）は植民地で象牙の収集に没頭するうちに白人の行動規範を逸脱し，本国の会社に対する「裏切り者」となってしまう．『ロード・ジム』(*Lord Jim: A Tale*)(1900)の主人公ジムは，乗客を沈没しかけた船に残したまま救命ボートで逃げたかどで船乗りの資格をはく奪され，船乗りの世界から追放される．『ノストロモ』(*Nostromo: A Tale of Seaboard*)(1904)の主人公ノストロモは，銀山の富を資本に南米の後進国コス

タグアナ（Costaguana）の文明化事業を行う西欧人たちの下で働いていたが，彼らに幻滅し，彼らから盗んだ銀を搾取される貧しい民衆に配ることによって民衆のリーダーとして西欧人と対立する存在になっていく．『密偵』(*The Secret Agent: A Simple Tale*) (1907) では主人公は「裏切り」を職業とするスパイであり，『西欧の目の下に』(*Under Western Eyes*) (1911) ではロシアの青年ラズーモフ（Razumov）が政府の要人を暗殺した狂信的革命運動家ハルディン（Haldin）を裏切って専制政府に密告する．「秘密の共有者」("The Secret Sharer") (1912) では語り手である船長が，別の船で仲間を殺して泳いで逃げてきた殺人犯一等航海士レガット（Leggatt）を自分の船に匿い，未知の孤島に逃がす．

　「裏切り」を巡る道徳的判断の問題へのこだわりは，国籍離脱者であるコンラッド自身の人生と結び付けられ[5]，まず物語内容として論じられることが多い．しかし，それらは同時に物語の形式上の問題，つまり語り手の問題でもある．マーロウ（Marlow）のようにかつての仲間に向かって語ろうとする語り手にとって，仲間への忠誠あるいは「裏切り」は彼の物語の中のジムやクルツの問題であるばかりでなく自分の問題でもある．主人公の「裏切り」を語る語り手も，仲間の内／外のどの立場からそれを語るかによって今度は自らが聞き手の集団に対して「裏切り者」になりかねない不安定な立場から語っているため，コンラッドの語りの視点は概して揺れる．作品を個別に論じる場合各作品のこうした一貫性の欠如は，作者の側の不注意，つまり作品の欠陥として指摘されがちである[6]．最も悪名高いのは言うまでもなく『ナーシサス号の黒人』(*The Nigger of the "Narcissus"*) (1897) であろう．自らをたびたび「我々」と呼ぶ語り手はどうも船上の下級船員の一員であるようだが，時に下級船員たちを「彼ら」と呼び，伝統的な語り手のように彼らの心の内を覗き込む[7]．『ロード・ジム』，『ノストロモ』や『密偵』も全知の視点と個人の視点に分裂している箇所を非難されてきた．従来，これらの「欠陥」はそれぞれの作品固有の問題として個別に論じられてきたが，「裏切り」を語り手の問題として年代順に作品を通読してみると，いわゆる欠陥と言われてきた部分は「裏切り」という主題の意識

的な乗り越えの試みの一環として見ることができる．

英国人作家として地歩を固めようとしていたコンラッドにとって，『ナーシサス号の黒人』における視点の揺れは内側から語る立場「私」を探す1つのプロセスだった．『ナーシサス号の黒人』においては，自己を対象化して語る立場を探し，個の視点を獲得する．社会的現象を眺める前提を同時代人と共有しない「よそ者」であるコンラッドにとって英国人の「私」は，その社会の内側に入り込む格好の立場であった．「闇の奥」では，個の視点（パースペクティブ）は他者（裏切り者）を発見し，『ロード・ジム』では，その「私」の立場から分身に対する道徳的判断にこだわり続ける．「我々」の内と外を行き来するという特徴は，陸の上の政治や歴史という大きなテーマを扱っている『ノストロモ』や『密偵』の語り手についても言える．コンラッドの語り手にとっての「裏切り」の問題は，「闇の奥」『ロード・ジム』の個人的な語り手マーロウに限られた問題ではなく，一見全知全能の語り手が語る『ノストロモ』や『密偵』の問題でもある．『ノストロモ』や『密偵』の語り手も個人的な顔をのぞかせる部分があるが，批評家たちはそれを単なる一貫性の欠如として片づけ，言わば見て見ぬふりをしてきた．しかし，『ノストロモ』や『密偵』の語り手の視点が「我々」／「私」に分裂していることは，「闇の奥」『ロード・ジム』の問題意識の延長線上で考察できる．パノラマ的視点で国家全体を見下ろすかのような『ノストロモ』の語り手は主人公ノスロトモのように「不実」であり，距離を置いて大英帝国の中心ロンドンを見る『密偵』の冷めた語り手も，主人公であるスパイ，ヴァーロック（Verloc）のように「仲間」を装う「よそ者」，つまりスパイ的である．『西欧の目の下に』の語り手である英国人の老語学教師は，自分がロシアの青年ラズーモフの日記を「西欧の読者」に向けて忠実に英語に翻訳していると何度も語りを中断してことわっているが，ある時は翻訳者でありまたある時は事態に巻き込まれる語り手となって物語を語ろうとする彼が，ラズーモフの日記という原典におそらく忠実でないことは間違いないように思われる．しかし，ロシア語で書かれたラズーモフの日記を直接目にすることが

できない作中の「西欧の読者」にも，物語の外の我々読者にも，原典に対する彼の「不実さ」を証明する手立てはない．そして，「秘密の共有者」は，仲間の殺害という最悪の「裏切り」をコンラッドにしては珍しくテンポよく「忠誠」の物語としても語ることによって，忠実か裏切りかを決定する際の道徳的判断の根拠そのものを無効にしようとする．

　このようにコンラッドの語り手の「裏切り」意識を作品毎に順に見ていくならば，語り手は自らが語る物語の中でクルツという裏切り者を発見するばかりでなく，それを語る自らをも裏切り者として発見し，徹底的に「裏切り者」に対する判断とその根拠にこだわり，徐々にそのこだわりから脱却し，最終的に判断の根拠を無効にして「裏切り者」としての分身を解放する．男同士の絆を称賛するモラリスト・コンラッド像を規範とする多くの伝統的コンラッド批評家たちが「秘密の共有者」をコンラッドの主要な創作時期（"the major phase"）の最後を飾る物語と見なしている[8]．白人植民者の思惑と陰謀渦巻く部族間闘争が複雑に絡み合っている第1作『オールメイヤーの阿呆宮』や次の『島の流れ者』（*An Outcast of the Islands*）（1896）においても既に「裏切り」の主題の原型が見られるが，個人の語り手の意識において「裏切り」が焦点化されていない[9]．また，『ナーシサス号の黒人』の視点の漂流も，「裏切り」という主題そのものもよりもその主題を語るための「私」という立場を探すことに専念していると考えられるため，本書では取り上げない．本書は，語り手が「裏切り」を意識する「闇の奥」から，語り手が「裏切り」を全く意識しなくなる「秘密の共有者」までのコンラッドの「正典」と言われる前期の作品群を議論の対象とし，物語内容としてばかり議論されがちな「裏切り」を，あらためて語り手の問題としても考察し，「裏切り」という主題が見いだされ，物語の原動力として機能した後にその役割を終えるプロセスを各章で追っていく．

注
1) モーザーは,大衆的人気を獲得した『運命』(*Chance*)(1914) 以降の作品にコンラッドの想像力の衰退を見ている.Thomas Moser, *Achievement and Decline* (Cambridge, Mass.: Harvard University Press, 1957) 102; ベルトゥーは,『ナーシサス号の黒人』から『西欧の目の下に』までの作品を "the major phase" と見なし,ローズは,『日脚』(*The Shadow-Line*)(1917) を分岐点とみなしている.Jacques Berthoud, *The Major Phase* (Cambridge, Cambridge University Press, 1978); Jacob Lothe, *Conrad's Narrative Method* (Oxford: Oxford University Press, 1989) 129; 一方,パーマーやシュワルツは,コンラッドが後期においても道徳的問題へ関心を失っていないと主張している.Daniel R Schwartz, *Conrad: The Later Fiction* (London: Macmillan, 1982); John A Palmer, *Joseph Conrad's Fiction: A Study in Literary Growth* (Ithaca, New York, Cornell University Press, 1968)
2) F.R.Leavis, *The Great Tradition* (1948; Harmondsworth: Penguin, 1986) 200-57.
3) Joseph Conrad, *The Mirror of the Sea & A Personal Record* (Oxford: Oxford University Press, 1988) xix
4) Zdzisław Najder, *Conrad in Perspective: Essays on Art and Fidelity* (Cambridge: Cambridge University Press, 1997) 199
5) Jocelyn Baines, *Joseph Conrad: A Critical Biography* (London: Weidenfeld, 1960); Gustav Morf, "Lord Jim," in *The Polish Heritage of Joseph Conrad* (New York: Haskell House, 1965) rpt. in *Lord Jim* (New York: Norton, 1968) 370-1
6) William W Bonney, *Thorns & Arabesque: Contexts for Conrad's Fiction* (Baltimore & London: The Johns Hopkins University Press, 1980) 151-2
7) Brian Richardson, *Unnatural Voices: Extreme Narration in Modern and Contemporary Fiction* (Columbus: The Ohio State University Press, 2006) 37-60
8) Douglas Hewitt, *Conrad: A Reassessment* (Cambridge: Bowes & Bowes, 1952) 70; H.M.Daleski, *Joseph Conrad: The Way of Dispossession* (London: Faber and Faber, 1977) 172
9) Robert Hampson, *Joseph Conrad: Betrayal and Identity* (London: Macmillan, 1992) 11-31

「闇の奥」
—— 「裏切り者」の発見 ——

　「闇の奥」ではコンラッドの後の政治小説におけるような「裏切り」のドラマはまだ展開されていない．この物語は物語内容においても形式においても，「裏切り者」発見の物語である．マーロウは，アフリカ奥地で象牙の収集に没頭するうちに病に倒れた奥地支所長クルツを救出に向かう．アフリカ奥地で行方不明と報じられ探検家リヴィングストン（David Livingstone, 1813-1904）を発見したジャーナリスト，スタンレー（Henry Morton Stanley, 1841-1904）の当時世間を騒がせていた逸話をなぞるマーロウのクルツ救出体験は[1]，地理的な意味において彼の経験の「極点」("the farthest point of navigation and the culminating point of my experience")だった[2]．ジェイムズ・クック（James Cook）やフランクリン（John Franklin）といった探検家たちの偉業を讃えた晩年のエッセイ，"Geography and Some Explorers"において，コンラッドは帝国主義的行為によって彼が冒険に対して抱いていた夢が打ち砕かれたことに言及している[3]．マーロウのアフリカ体験は，作者コンラッドのコンゴ体験に基づいているが，コンゴ体験が彼の人生観を変えてしまったように，アフリカ体験はマーロウの懐疑をさらに深めた．白人の行動規範を逸脱して蛮行に耽り，白人仲間からも疎まれるようになってしまうクルツをアフリカの奥地で発見するという経験を通してマーロウは，白人仲間の仕事を批判的に眺めつつ自らの立場を見つめ，彼らへの自らの帰属意識を根本から問い直すことになる．と言っても，よく言われるように，アフリカ体験によってマーロウが帝国主義のレトリックの欺瞞を発見したと言いたいのではない．アフリカに行く前既に彼は，

第 1 章 「闇の奥」──「裏切り者」の発見── 13

原住民を啓蒙する「光明の使者」の役目に言及する伯母に対して,会社も儲けが目的で仕事をしているのだと言い放っている[4]．帰還したマーロウは,「闇の奥」への探検の旅を現在目の前にいるかつての船乗り仲間に語る．過去の旅を語りながらマーロウは,自らの精神の「闇の奥」へと遡行し,そこに「裏切り者」としての自分を意識する．つまり,語り手マーロウにとっても「闇の奥」への旅は精神の最内奥("the farthest point")への旅であり,語ることによって彼はそこに「裏切り者」としての自己を発見する．

*

「闇の奥」ではマーロウの物語の外に枠語り手がいる．彼も夕暮れ時のネリー(*Nellie*)号上で潮の流れを待つ聞き手たちの１人である．枠語り手が語る冒頭の部分において,マーロウが聞き手である「我々」の仲間の中でも変わった存在であることが浮き彫りにされている．聞き手は,船乗りの世界を引退した後現在それぞれが会社の重役,弁護士,会計士という大英帝国の植民地経営を支える仕事に従事している．枠語り手は,「我々」の間にある「海の絆」(45) に言及し,「海に生きてきた」男 (47) がよくするように,テムズ河の下流河区を眺めながら河の退潮が運んで行った過去の偉大な精神を思い浮かべる．過去の栄光を振り返る枠語り手のノスタルジックな気分を遮るかのように,完全に日が沈むと闇の中から「我々」の中で唯一現役の船乗りであるマーロウの,「ここもかつては地上の暗黒地帯の１つだった」という声が響き (48),ロンドンの闇とローマ帝国の闇を重ね合わせる．枠語り手によれば,マーロウは典型的な船乗りではなく,彼の話も,「直接的な単純さ」(48) を持つ船乗りの話とは一風違うらしい．異国からの帰還者が体験談を語るという形式は,当時流行していた冒険小説でよく使われていたが,マーロウは冒険物語によく登場する勇敢で決断力に長けた行動派の人物というよりは,「魂と格闘する」内省的な人物である ("Soul! If anybody had ever struggled with a soul, I am the man." (144))．潮の変わり目まで何もすることのない「我々」は,彼の「とりとめのない経験」(51) の物語に耳を傾ける覚悟を決める．

伯母のつてで汽船の船長の職を得たマーロウは，「白く塗られた墓」を連想させる大都市で「海外に１つの帝国を経営して貿易によって無尽蔵の利益を生み出していた」会社（55）と契約し，アフリカに向けて出発する．アフリカの海岸は，波打ち際で「外から来た兵隊や税官吏」――「侵入者たち」（62）――を溺れさせることもあるという．しかし，危険な波の「声」は，マーロウには「自然でちゃんとした理由と意味を持っている」ように思え，むしろ「兄弟の言葉のように」喜びを与える．時折岸から漕ぎだしてくるボートに乗った黒人たちも波のように「自然」で，「そこにいるのに何の弁解も必要ない」ようにマーロウには思える（61）．一方，次の一節にあるような「外から来た兵隊や税官吏」の仕事に彼は何の意味も見いだせない．それは，沖合に停泊しているフランスの軍艦がしきりとジャングルに大砲をうち込んでいるのを彼が次のように報告していることにあらわれている．

> In the empty immensity of earth, sky, and water, there she [a French man-of-war] was, incomprehensible, firing into a continent. Pop, would go one of the eight-inch guns; a small flame would dart and vanish, a little white smoke would disappear, a tiny projectile would give a feeble screech—and nothing happened. Nothing could happen. There was a touch of insanity in the proceeding, a sense of lugubrious drollery in the sight.... (61-2)

大地や空の広大さに比して，軍艦の卑小さは，大砲の「パン」という音や，炎や白煙や弾丸の小ささが執拗に繰り返されていることによって強調されている．これでは何も起こらないし，「起こるはずもない」．ジャングルには「敵」のキャンプがあると誰かが熱心にマーロウに説明するが，「なにか悲しい道化芝居でもみるような，一種狂気じみた感じ」を彼は頭から追い払うことができない．上陸したマーロウは，出張所に向かう途中で，草原に転がるボイラー，片方の車輪が外れた状態で仰向けに転がるトロッコ，壊れた機械類，錆びたレー

ルを目撃にする．こうした荒廃はここで何かまともな仕事が行われている様子を感じさせない．鉄道が敷かれているらしく，重々しい爆発音が轟いているが，岩壁には何の変化も現れない．彼らは障害物を取り除こうとしているわけでもなく，ただ「目的のない爆破」だけを続けている（64）．黒人労働者たちは，さまざまな沿岸地方から連行され，慣れない環境と食事のせいで「病苦と飢餓の黒い影」となり果て，「ゆっくりと死を待っている」．（66）マーロウには，「罪人に何か仕事を与えようという博愛的な動機」から鎖につながれている黒人たちが「敵」だとか「罪人」だとは思えない．

　植民地事業に何の疑問も持たない白人たちとは違う目で，仲間の「仕事」とその犠牲者を見るマーロウは，無意味な仕事に従事し，象牙が集まる交易地の勤め口を巡ってお互いに憎み合い，陰口をきいたり，陰謀をめぐらしたりしている白人たちの間で疎外感を感じていく．そして，代理人たちの中でも「特別な存在」と評判で，「道徳的信念」（88）を備えているらしい奥地出張所の主任クルツとの対面に次第に期待を寄せていく．出世株の一流の代理人と言われるクルツは白人たちから隔絶して仕事に没頭し，他の出張所全部を合わせた量を凌ぐ象牙を奥地から送ってくるらしい．クルツの名前は何度もささやかれるが，マーロウはさまざまな障害にあい，彼のいる奥地出張所にはなかなかたどりつかない．実際に姿を見ることができないクルツにマーロウは魅かれていく．他の白人たちはどこへ向かっていると思っていたのか知らないが，マーロウには，「闇の奥」へと深く入り込んでいく船が，「ひたすらクルツのもとへ向かっている」ように思える（95）．奥地のクルツへの地理的な旅は，現在それを語るマーロウ自身の精神的な内奥への旅と重ねられていく[5]．

　こうして，「闇の奥」の前半では植民地での白人たちの悪行が暴きだされているが，後半部分ではもっぱらクルツ個人に焦点が移行し，物語はクルツに自己投影するマーロウの精神のドラマに変化していく．前半部分と後半部分の間のこの断絶は欠陥と考えられがちであるが，レヴェンソン（Michael Levenson）は，その断絶はコンラッドが創作の途中で構想を変えたために生

じていると説明している[6]．レヴェンソンは，「闇の奥」構想中のコンラッドの書簡（"The criminality of inefficiency and pure selfishness when tackling the civilizing work in Africa is a justifiable idea. The subject is of our time distinc[t]ly.... The story is less concentrated upon individuals."[7]）を根拠に，その断絶は，社会から個人に重点が移ったために生じていると指摘する．レヴェンソンは，「闇の奥」がもともと作者自身のアフリカでの体験をもとに西欧列強の帝国主義をあくまで政治的・社会的観点から扱うことを主眼とした「怒りの社会批判」であったと見ている[8]．クルツという人物については，着想の段階において書簡の中では一切言及されていないことを理由に，当初「個人」に焦点は当たっていなかったが，途中からクルツという人物が導入されて物語が社会的なものから心理的なものへ変貌を遂げたと彼は指摘する．

　西欧人でも英国人でもないコンラッドの場合，題材にしても，内側の視点，つまり仲間の視点にしても生得のものではなく，獲得せねばならないものだった．単純に「社会的正義」や「社会的真実」という時の「社会」を英国人と共有しているという意識が薄かったコンラッドにしてみれば，事実の単純な報告さえどの立場から行えばよいのかわからなかったのではないだろうか．現在の視点からは，「よそ者」コンラッドのいわゆる「複眼」的思考が彼の作品に重層性を持たせ，深遠なものにしていると言えるのだろうが[9]，以下の書簡で吐露されているように，彼は同時代の英国の作家たちと共通の出発点がないことを，創作する際の大きな障害だと感じていた．『オールメイヤーの阿呆宮』『島の流れ者』の後，『救助』（*The Rescue: A Romance of the Shallows*）で行き詰っていた頃の書簡でコンラッドはそのことを次のように嘆いている．

The progressive episodes of the story will not emerge from the chaos of my sensations. I feel nothing clearly. And I am frightened when I remember that I have to drag it all out of myself. They start from an anecdote—from a newspaper paragraph (a book may be suggested by a casual sentence in an old almanack). They lean on dialect—or on tradition—or on history—or on the prejudice or fad of the hour; they trade upon some tie or some conviction of their time—or upon the absence of these things—which they can abuse or praise. But they know something to begin with—while I don't. I have had some impressions, some sensations—in my time:—impressions and sensations of common things. And it's all faded—my very being seems faded and thin like the ghost of a blonde and sentimental woman, haunting romantic ruins pervaded by rats. I am exceedingly miserable. My task appears to me as sensible as lifting the world without the fulcrum which even that conceited ass, Archimedes, admitted to be necessary[10].

　ここで，コンラッドが「彼ら」と呼んでいる当時の作家たちが共有するものが自分には欠けていることが創作を難航させると彼はいう．グリーニー（Michael Greaney）は，modernist self-fashioning の例としてコンラッドとジョイス（James Joyce）を比較し，ジョイスの alter ego が捨て去りたいと思っている文化的・宗教的遺産に絡め取られているのに対して，コンラッドのマーロウは作者が属したいと願っている文化を代表している，と指摘している[11]．コンラッドにとってマーロウは，「我々の仲間」（"one of us"）の立場を得るためのまさにここで彼が言う「てこ」（"fulcrum"）の役割を果たし，コンラッドは，マーロウを通して Englishness を探求した[12]．「よそ者」のコンラッドにとって，英国人の船乗りマーロウは，自らがそうありたいと望んだ人物だったろうし[13]，英国の読者に語りかける，つまり仲間の内側へ入り込むために，マーロウは便利な立場だったに違いない．

　しかし，枠語り手が示していたように，マーロウは完全なる「我々の仲間」

ではない．白人の「仕事」の無意味さ，非道さを描き出す目は批判者，あるいは「よそ者」の目だ．しかしマーロウには，「結局は自分も植民地主義の大義に加担している」という自覚もある．アフリカに来る前に彼は「商売上の秘密は一切他言しない」という誓約書に署名した．「今ももちろん秘密を話すつもりはない」と彼は言っている (56)．マーロウは，クルツの出張所の小屋のまわりに張り巡らされた杭の先の頭蓋骨を発見した時も，自分が何も「企業秘密」を暴露しているのではないとわざわざ断っている (131)．しかしこうしてわざわざこうして断っているのは，自分がしていることの意味を十分意識していることの証ではないか．告発は会社との誓約に違反することであり，仲間への「裏切り」行為に当たる．船乗りの世界を引退したとはいえ，語りの現在において大英帝国の植民地経営を支える仕事に従事している聞き手たちに植民地事業の実態（秘密）を告発する物語がすんなり受け入れられるわけはない．「青春」("Youth") では過ぎ去った青春時代を懐かしむ気持ちを共有し，一様にマーロウの言葉にうなずいていた聞き手たちは，「闇の奥」ではマーロウの体験談が理解できず，彼の話に眠気を催している．

　「私は言い訳をしたり，説明しようとしたりしているのではない．自分自身に対して，クルツの亡霊を説明しようとしているのだ」("Mind, I am not trying to excuse or even explain—I am trying to account to myself for—for—Mr. Kurtz—for the shade of Mr. Kurtz." (117)) とマーロウが言うように，彼の語りは，（まだ見ぬ）クルツのことを語りながら自らの精神の「闇の奥」への旅を物語っている．クルツの「魂」は荒野を1人でさまよううちに自分の内側をのぞいたためについに狂ってしまうが，マーロウも「自分の内側を覗き込むという試練」(145) に堪えねばならない．

　中央出張所に到着すると，マーロウの乗るはずの蒸気船は川底に沈められていて彼はそこで数カ月間足止めをくらう．マーロウは，中央出張所の支配人からクルツが病気らしいと聞かされる．ここでマーロウは沈んだ船を引き上げる仕事に没頭する．以下の一節において，夜に森が月明かりで浮かび上がるのを

見たマーロウは,「大地の沈黙の謎,偉大さ,その奥に秘められた驚くべき生命」が「胸の奥」に迫るのを感じる.

> Beyond the fence the forest stood up spectrally in the moonlight, and through the dim stir, through the faint sounds of that lamentable courtyard, the silence of the land went home to one's very heart—its mystery, its greatness, the amazing reality of its concealed life. (80)

ここでは,アフリカという暗黒の大地の奥と人間精神の闇の奥が重ねられている.仕事に没頭することでマーロウが「胸の奥」に隠された根本的な問いにいつまでも目をつぶっていられるわけではなく,アフリカのジャングルは彼に「胸の奥」をのぞかせる.そしてマーロウは,自分たち白人とは一体何者なのか,自分たちのアフリカでの存在の意義を考える.

> I wondered whether the stillness on the face of the immensity looking at us two [Marlow and the brickmaker of the Central Station] were meant as an appeal or as a menace. What were we who had strayed in here? Could we handle that dumb thing, or would it handle us? I felt how big, how confoundedly big, was that thing that couldn't talk, and perhaps was deaf as well. What was in there? I could see a little ivory coming out from there, and I had heard Mr. Kurtz was in there. I had heard enough about it too—God knows! Yet somehow it didn't bring any image with it—no more than if I had been told an angel or a fiend was in there. (81)

奥地には何があるのか.奥地にはクルツがいて,象牙が流れ出してくるということは聞いていたが,マーロウには何ら具体的なイメージがわかない.ジャングルの沈黙の巨大さをしみじみと感じるマーロウの探求は外よりも自らの心の

内側に向けられている．ここに迷い込んできた「我々」代理人（ここでは特に支配人と彼のスパイと言われている中央出張所の煉瓦造りの一等代理人とマーロウを指している）とは一体何者なのか．クルツの姿を「目に浮かべる」ことができないマーロウにも聞き手にもクルツはただの「言葉」にすぎなかった．「人間存在のある一時期の生命の感覚」("the life-sensation of any given epoch of one's existence") (82) を伝えることの不可能性を痛感するマーロウは，聞き手にクルツが見えるか，自分の話がわかるか確認せねばならない．

> Do you see him[Kurtz] ? Do you see the story? Do you see anything? It seems to me I am trying to tell you a dream—making a vain attempt, because no relation of a dream can convey the dream-sensation, that commingling of absurdity, surprise, and bewilderment in a tremor of struggling revolt, that notion of being captured by the incredible which is of the very essence of dreams.... (82)

語りの現在では日はとっぷりと暮れていて聞き手はお互いの顔もほとんど見えない．マーロウの過去の体験が理解できない聞き手たちは文字通りの意味でもメタファーとしても闇の中に置き去りにされ，枠語り手の「私」以外の聞き手は眠っているらしく，誰ひとり口を切るものはいない ("There was not a word from anybody. The others might have been asleep, but I was awake." (83))．

川を遡る途中，「植物と水と沈黙の奇妙な世界の持つ圧倒的なリアリティ」のなかでマーロウは，「既知の世界とは永久に隔離され，どこか遠い，おそらくは別世界にでも閉じ込められているような思い」がする．彼は，蒸気船が沈まないように無数の小島の間で何とか水路を探る「仕事」に従事するが，その仕事は「幸運にも」自分が「内なる真実」から目をそらすことを可能にしてくれると茶化している ("When you have to attend to things of that sort, to the mere incidents of the surface, the reality—the reality, I tell you—fades. The inner truth is hidden—luckily, luckily." (93))．マーロウは，帝国の植民地経

営の一端を担う仕事を「猿芝居」や「張りつめた綱の上で半クラウンのためにやっている宙返り」に例え,「言葉を慎みたまえ」と「1人の声」にたしなめられる. この時点では枠語り手の「私」以外にもまだ寝ないで聞いている人物がいる ("'Try to be civil, Marlow,' growled a voice, and I knew there was at least one listener awake besides myself." (94)).

時折木々の背後から太鼓の響きが聞こえ, 川筋を曲がる時, 森の茂みの影から叫び声をあげたり手をたたいたりする「黒人たちの不可解な狂乱」("a black and incomprehensible frenzy") (96) の姿が見える. マーロウは, ぞっとしながらも「あの音の恐ろしい率直さ」("the terrible frankness of that noise") に共鳴するものを感じ, 以下の一節にあるように, その音の意味を探ろうとする.

> The mind of man is capable of anything—because everything is in it, all the past as well as all the future. What was there after all? Joy, fear, sorrow, devotion, valor, rage—who can tell?—but truth—truth stripped of its cloak of time. Let the fool gape and shudder—the man knows, and can look on without a wink. But he must at least be as much of a man as these on the shore. He must meet that truth with his own true stuff—with his own inborn strength. Principles? Principles won't do. Acquisitions, clothes, pretty rags—rags that would fly off at the first good shake. No; you want a deliberate belief. An appeal to me in this fiendish row—is there? Very well; I hear; I admit, but I have a voice too, and for good or evil mine is the speech that cannot be silenced. Of course, a fool, what with sheer fright and fine sentiments, is always safe. Who's that grunting? You wonder I didn't go ashore for a howl and a dance? Well, no—I didn't. Fine sentiments, you say? Fine sentiments, be hanged! I had no time.

I had to mess about with white-lead and strips of woolen blanket helping to put bandages on those leaky steam-pipes—I tell you. (96-7)

「人間の精神には何でも可能だし,そこには何でもある」と言うマーロウは,そこには一体何があるのだろうかと自らの精神を覗き込み,そこに「時という外皮を引き剥がされた真実」を見いだそうとする.人間は,「彼自身の生地」「生まれ持っての力」で精神の「闇の奥」にある「時という外皮を引き剥がされた真実」と向き合わねばならない,とマーロウは言う.聞き手は自分たちと彼らの間に「遠い縁戚関係」があることは認めたがらない.彼らも自分たちと同じように人間であると述べるマーロウに聞き手は不快感をあらわにする.聞き手が持ち出す「主義」なぞ役に立たないと一蹴し,挑発するかのように「怖がりで繊細なバカは疑念から安全だ」と辛らつな皮肉を言うマーロウに対して不満の声が聞き手から上がる.そこまで言うマーロウが黒人たちに交じって叫んだり踊ったりしなかったことは驚きだとやり返す聞き手に対して,マーロウは,とにかくクルツのもとへぼろ汽船を前進させねばならず,「心の中の恐ろしい考え」(98) など覗き込む時間はなかったと弁解する.

　白い霧の中から矢の攻撃を受けて舵手を失った時,ふとクルツももう死んでいるのではないかという思いがマーロウの脳裏をよぎる.もうクルツの話は聞けないのだと思うと,白い霧の中から聞こえてくる「あのジャングルの蛮人たちの遠吠えするような悲しみ」に劣らず自分の悲しみが常軌を逸していることに気付く(114).「信念を奪われたか運命を見失った時でもこの時ほどさびしさを感じなかっただろう」と言うマーロウの悲しみが聞き手には理解できない.まだ見ぬクルツへのマーロウのこれほどの思いが馬鹿げているとばかりに聞き手はため息をつく.マーロウは彼らに "Why do you sigh in this beastly way, somebody? Absurd?" と問いかけ一服して気を取り直し("Well, absurd. Good Lord! mustn't a man ever—Here, give me some tobacco." (114)),仲間に「最も説明しにくい問題」を何とか言葉にしようとするが,「全くの孤独」

の中で「忠誠心」を試されたクルツのことを,「足もとに固い歩道を感じ,親切な隣人に囲まれている」聞き手に理解できるわけがないと言う.

> You can't understand. How could you?—with solid pavement under your feet, surrounded by kind neighbors ready to cheer you or to fall on you, stepping delicately between the butcher and the policeman, in the holy terror of scandal and gallows and lunatic asylums—how can you imagine what particular region of the first ages a man's untrammeled feet may take him into by the way of solitude—utter solitude without a policeman—by the way of silence, utter silence, where no warning voice of a kind neighbor can be heard whispering of public opinion? These little things make all the great difference. When they are gone you must fall back upon your own innate strength, upon your own capacity for faithfulness. (116)

アフリカの無秩序な状態を見たマーロウは,信念を徹底的に打ち砕かれ,何を信じてよいかわからなくなった.「闇の力に襲いかかられ」,こうしたもろもろのものがなくなって,完全な孤独の中で生まれ持っての忠誠心("the faith in your ability for the digging of unostentatious holes to bury the stuff in — your power of devotion, not to yourself, but to an obscure, back-breaking business")(117) を試されているのはクルツだけでなくマーロウもである.蒸気船が沈められて中央出張所で数カ月間足止めを食らった時,マーロウは,クルツが象牙を携えて一旦出張所に戻りながら,急に1人で小さな丸木船で引き返したことについて支配人とそのおじが話しているのを盗み聞きする.2人はなぜクルツがそんな行動にでたのか驚いているようだったが,マーロウは,うわさばかりが先行して実体のないクルツをこの時初めて「目の当たりにした」ような気がした.「丸木舟,4人の蛮人の漕ぎ手,本部に背を向け,安らぎに背を向け,郷愁にも背を向け,誰もいない荒廃した出張所に戻っていく1人き

りの白人」の姿は，植民事業の大義に疑念を抱き，仲間の間で疎外感を感じるマーロウには「はっきりとした映像」(90) だった．クルツに会う前からマーロウが彼に重ねていたのは，すべてを失った孤独な人間の姿だった．そして，クルツと対面したマーロウは，すべてを失った孤独な状態で，すべてを失った孤独な人間を裁かねばならない．

*

　奥地でやっと対面した時には，クルツは病気でやつれ，影のようになり果てていた．クルツは，植民地で白人は原住民の上に神のごとく君臨せねばならないという理想をかかげていた．アフリカの「闇の奥」で彼は確かに原住民にとって神のような存在になったが，白人の行動規範を逸脱して蛮行に耽っていた．出張所の小屋のまわりに張り巡らされた杭の先の頭蓋骨は，クルツが自制心を失ったことを示している．奥地出張所の支配人は，判断力を欠いたクルツのやり方がこの地区を荒廃させ，会社に損害を与えていると言うが，それでもマーロウは，クルツが「非凡な人間」であると弁護する．マーロウは自分にはもはや出世の道も絶たれてしまったこと，そして自分がクルツとともに「時期尚早な手段の一味」(138) に分類されたことを悟る．

　マーロウは，クルツを原住民たちから引き離しボートに保護する．ところが，保護されたクルツは，夜中にジャングルから響いてくる太鼓の音に誘われてボートから脱出する．えも言えぬ恐怖を感じながらもマーロウは，立つこともできず這って原住民たちの元へ戻ろうとするクルツを追いかける．マーロウは，「忘れられた野獣の本能を呼び覚まし，おそろしい熱情の満足を思い出させることによって，クルツをその冷酷な懐に引き寄せようとしている」かのような「荒野の呪縛」(144) を断ち切ろうとした．その「呪縛」はクルツを「太鼓の鼓動」や「呪文の唱和」へと駆り立て，「彼の背徳の魂をあざむいて人間に許された野心の限界を踏み越えさせた」のだ．影と成り果てたクルツがさらに取り返しのつかないほど「失われてしまった」まさにこの瞬間に，逆にマーロウは 2 人の永遠の絆の基盤が築かれたと言う ("he could not have been more irretrievably lost than he was at this very moment, when the foundations of our intimacy were being laid—to endure—to endure—even to the end—even beyond." (143)).

　ボートに連れ戻されたクルツは，川を下る途中で亡くなる．クルツは，いまわの際に「地獄だ！　地獄だ！」("The horror! The horror!")(149) と叫び，「この地上での自らの魂の冒険に対して審判を下した」(150)．このようにクルツが「完璧な知識を手に入れた至高の瞬間」(149)をマーロウは「道徳的な勝利」として評価し，「それ故に」彼に忠誠を誓う．

> And it is not my own extremity I remember best—a vision of grayness without form filled with physical pain, and a careless contempt for the evanescence of all things—even of this pain itself. No! It is his extremity that I seem to have lived through. True, he had made that last stride, he had stepped over the edge, while I had been permitted to draw back my hesitating foot. And perhaps in this is the whole difference; perhaps all the wisdom, and all truth, and all sincerity, are just compressed into that inappreciable moment of time in which we step over the threshold of the invisible. .... It was an affirmation, a moral victory paid for by innumerable defeats, by abominable terrors, by abominable satisfactions. But it was a victory! That is why I have remained loyal to Kurtz to the last, and even beyond.... (151)

　帰国したマーロウは，クルツの婚約者宅のドアの前で，タンカにのせられ，「全人類もろとも地球全体を飲み込もうとするかのように」貪欲に口を開けているクルツの「ヴィジョン」を見る（155）．クルツの亡霊は，マーロウがアフリカで見聞きしたものすべてを従えて，マーロウと一緒に婚約者の家に入ってきた．それは「荒野の勝利した瞬間」だった．マーロウは「もう1人の魂（婚約者の

魂）を救済するために」(156) はるかなアフリカの荒野の森の奥で聞いたクルツの言葉がどっと押し寄せてくるのに抗わねばならなかった．彼女が生きていくための支えとしてクルツの最後の言葉を聞きたがった時，周りの闇が「地獄だ！地獄だ！」("The horror! The horror!") というクルツの叫びを繰り返しているようにマーロウには感じられ，思わずあれが聞こえないのかと婚約者に言ってしまいそうになるほどだった．最後の言葉は彼女の名前だったとマーロウが告げると，婚約者はわかっていたと言って泣き出す．この時マーロウは今にも家が崩れ落ち，天が頭上に落ちてくるような気がする．

> Would they have fallen, I wonder, if I had rendered Kurtz that justice which was his due? Hadn't he said he wanted only justice? But I couldn't. I could not tell her. It would have been too dark—too dark altogether.... (162)

クルツは，「地獄」という言葉で「この地上での彼の魂の旅」の「一切を要約し，判決を下した」のに対して，マーロウは，クルツのように最後の一歩を踏み出さずに引き返した上に，自らの旅の終わりをクルツの婚約者への嘘で塗り固める．そこに大きな違いがある，と先に引用した箇所でマーロウ自身も認めていた．結局マーロウは，クルツが当然受けるべき裁きを下し，婚約者に真実を告げることはできなかった．そして，自分にも「裁き」を下していない．

マーロウは，自分は最後までクルツを裏切らなかったと何度も言っている (141, 143, 151)．マーロウのクルツへの忠誠は，堕落の極みにありながらも "The horror!" という表現で「道徳的な判断」をなし得たクルツへの敬服であると考えられてきた[14]．しかし，既に見たように，マーロウがクルツに見ていたのは，判断の根拠をすべて失った孤独な人間であった．クルツは既存の（白人仲間と共有する）道徳判断の根拠にのっとって自ら行為を野蛮だと判断したのではない．太鼓の音に誘われてジャングルに戻ろうとするクルツを引き留めようとしたマーロウが対峙したのは，以下の一節におけるマーロウの"exalted and incredible degradation" というような矛盾した表現が暗示しているように，道徳的な高／低（善／悪）の判断を超えた存在ではなかったか．

I had to deal with a being to whom I could not appeal in the name of anything high or low. I had, even like the niggers, to invoke him — himself his own exalted and incredible degradation. There was nothing either above or below him, and I knew it. He had kicked himself loose of the earth. Confound the man! he had kicked the very earth to pieces. He was alone, and I before him did not know whether I stood on the ground or floated in the air. (144)

Exalted な degradation とは一体どんな堕落なのだろうか．それは高尚なのか低級なのか．マーロウにとって，クルツは物事の高／低を判断する土台(「大地」)を「粉微塵に踏み砕いた」ように思え，そんなクルツを前にしてマーロウの信念の「土台」も揺らいだのだった．マーロウがクルツに感服しているのは，クルツが堕落してもなお既存の道徳的規範に従って判断できたからではなく，むしろ，既存の判断の根拠が一切消滅した闇の中で，それでも「クルツには言うべきことがあり，それを実際言った」からである．クルツは，"The horror!" という言葉で一切を要約し判断した．マーロウはそれを，以下の一節において「一種の信念の表現であり，正直で確信があった」と述べている．

I was within a hair's-breadth of the last opportunity for pronouncement, and I found with humiliation that probably I would have nothing to say. This is the reason why I affirm that Kurtz was a remarkable man. He had something to say. He said it. .... He had summed up—he had judged. "The horror!" He was a remarkable man. After all, this was the expression of some sort of belief; it had candor, it had conviction, it had a vibrating note of revolt in its whisper, it had the appalling face of a glimpsed truth—the strange commingling of desire and hate. (113)

　マーロウは自分だったら何も言うことはなかっただろうと「恥ずかしながら」認めている．マーロウがクルツを非凡だと見なし忠誠を誓う理由はそこにある．
　植民地での悲惨な光景を目撃し，植民地主義の理想のレトリックを見破っていながら，マーロウは，それをクルツに当てはめて判断しようとはしない．クルツの蛮行を目撃してもマーロウのクルツに対する忠誠心は揺るがない．マーロウのこの「忠誠」は，妥協や臆病さだと非難されてきた．結局マーロウは植民地主義の大義に「忠実」なだけで，彼の闇の奥への旅は妥協に終わっているとか[15]，コンラッドが当時の支配的言説に対して積極的に疑問を投げかけているのだとしても，結局は当時の支配的言説によって構築されたものの見方をしていると言われてきた[16]．また，2人の間の絆は，秘密を共有しようとする男同士のホモソーシャルな絆と見なされ[17]，マーロウが，そしてコンラッドが，女性の世界とその価値観を排除する白人中産階級中心主義を支持している証拠だという見方を補強した[18]．しかし，マーロウの裁きへのためらいは，妥協や支配的言説への回帰，つまり臆病さや卑怯さ —— 究極的には「自己への裏切り」—— [19]であるというよりは，判断の根拠そのものへの疑念ではないか．それは，判断しないという判断，つまりマーロウの1つの「信念」であり，その意味ではやはり彼は，すべての根拠が失われた状態で敢えて判断したクルツに忠実であり，既成概念への「裏切り者」だったのである．自分が結局は裁かなかったということ ——「裏切り者」であるということ —— をマーロウははっきりと意識している．それ故に彼は船乗りの規範に背いたジムに共感するのであり，次の『ロード・ジム』において判断の根拠への疑念 ("the doubt of the sovereign power enthroned in a fixed standard of conduct") に苛まれ続けるのではないだろうか[20]．

第1章 「闇の奥」――「裏切り者」の発見 ―― *29*

注
1) Patrick Blantlinger, *Rule of Darkness: British Literature and Imperialism 1830-1914* (Ithaca and London: Cornell University Press, 1988) 173-97, 227-74
2) Conrad, *Heart of Darkness* (1902: London: Dent, 1967) 51 以下引用はこの版に拠り，括弧内にその頁数を記す．
3) Conrad, *Tales of Hearsay and Last Essays* (1928; London: Dent, 1963) 17
4) Daphna Erdinast-Vulcan, *Joseph Conrad and the Modern Temper* (Oxford: Oxford University Press, 1991) 92
5) 地理上の探検（geographical exploration）と精神的な探検（moral exploration）の平行関係については，Allan Freidman, *The Moral Quality of Form in the Modern Novel* (Baton Rouge and London: Lousiana State University Press, 1978) 109 を参照．
6) Michael Levenson, *Modernism and the Fate of Individuality: Character and Novelistic Form from Conrad to Woolf* (Cambridge: Cambridge UP, 1991) 39
7) Conrad, Letter to William Blackwood, 31 December, 1898. Karl, Frederick and Laurence Davies, ed. *The Collected Letters of Joseph Conrad*, 9 vols. (Cambridge: Cambridge University Press, 1987-2007), Vol. 2 (1898-1902) 139-40.
8) Levenson, *Modernism and the Fate of Individuality* 39
9) ウルフ（Virginia Woolf）は，コンラッドが「我々の仲間」の内と外に同時に存在できるような the double vision を持つと言った．Virginia Woolf, *The Essays of Virginia Woolf*, vol. IV 1925-1928 (London: Hogarth Press, 1987), 229; 鈴木健三「『闇の奥』の構造 ―― コンラッド的複眼について ――」『英語青年』124巻 No.3（June 1978）109-11
10) Conrad, Letter to Edward Garnett, 19 June, 1896. Karl, Frederick and Laurence Davies, ed. *The Collected Letters of Joseph Conrad*, Vol. 1 (1861-1897) 288-9
11) Michael Greaney, *Conrad, Language, and Narrative* (New York: Palgrave, 2002) 60
12) マーロウと Englishness に関しては，Allan Simmons, *Joseph Conrad* (London: Macmillan, 2006) 78-9 を参照．
13) John Batchelor, *The Life of Joseph Conrad* (1994; Oxford: Blackwell, 1996) 34
14) Simmons, 97-8
15) Erdinast-Vulcan, '"Heart of Darkness" and the Ends of Man,' *The Conradian*, vol. 28 Number 1 (Spring 2003) 29
16) Andrea White, *Joseph Conrad and the Adventure Tradition: Constructing and*

Deconstructing the Imperial Subject (Cambridge: Cambridge University Press, 1993) 186

17) Andrew Michael Roberts, *Conrad and Masculinity* (New York: Palgrave, 2000) 118-36

18) Nina Pelikan Straus, "The Exclusion of the Intended from Secret Sharing," *Joseph Conrad*. New Casebook Ser., 48-66.

19) Hampson, *Joseph Conrad*, 115

20) Conrad, *Lord Jim* (Harmondsworth, Penguin, 1986) 80

『ロード・ジム』
―― 「裏切り者」に対する裁き ――

　作者の序文によれば，『ロード・ジム』は，1880 年に実際に起こったジェダ（*Jeddah*）号事件に基づいている[1]。ジェダ号の船長以下乗組員は，嵐の中 800 人ものイスラム教徒を乗せた船を見捨てて逃げ，船が沈没したと報告するが，沈没すると思われた船は別の船に曳航され無事に港に辿り着き，逃げた船員たちは海事裁判にかけられる[2]。『ロード・ジム』では，多数の乗客を見捨てて救命ボートで逃げた船員の中で海事裁判にかけられるのは主人公ジム 1 人であり，当時世間を騒がせた「巡礼船の挿話」(Author's Note, 43) を基にしたこの短編はずるずると拡大していった。『ロード・ジム』執筆時のコンラッドの書簡には，物語を閉じることができずに苦しむ様子 ("the unfortunate dragging manner of production") が切々と訴えられている[3]。完成まで 20 年の月日を要した『救助』を除けば，『ロード・ジム』はもともと遅筆家だったコンラッドの作品の中でも特に執筆が難航した作品の 1 つである。『ロード・ジム』執筆の難航は，なによりもこの物語が「闇の奥」でマーロウが回避した「裁き」(judgement) の問題を中心に据えていることと大きく関係しているのではないだろうか。「闇の奥」でクルツは，「道徳的な勝利」への「最後の一歩」を踏み出したが，マーロウは「最後の一歩」で踏みとどまり，引き返した。「闇の奥」において審判を下すのはあくまでクルツであって，マーロウではない。まるで「闇の奥」でやり残した課題に取りかかるかのように，『ロード・ジム』のマーロウは，裏切り者の裁きにこだわる。「闇の奥」が裏切り者の発見の物語だとすれば，『ロード・ジム』は裏切り者に対する裁きに取りつかれた物語

である⁴⁾．従って，本章では，いかにテクストで判断が先送りされているかを追いながら，『ロード・ジム』における裁きの問題を検討してみたい．

*

　貴族的な金銭感覚で収入に見合わない生活をおくっていたことが災いし，慢性的に家計が逼迫していたため，コンラッドはいつも手っ取り早く現金収入が得られる手段として雑誌連載のための短編を選ぶ傾向があった．コンラッドの長編小説はほとんどがもともとは短編として考案されている．『ロード・ジム』の前身である短編 "Tuan Jim: A Sketch" も，1898 年に着手された時は，2 万語程度の長さ（連載回数でいうと 2 回分程度）になると見込まれていたが，『ブラックウッズ・マガジン』(*The Blackwood's Edinburgh Magazine*) での連載は優に 2 年におよび，1900 年にやっと完成する．『ロード・ジム』は，「青春」「闇の奥」とともに 1898 年から 1900 年にかけて執筆され，『ブラックウッズ』に連載された．これらはもともと 3 部作として計画され，いずれ 1 冊の単行本として出版される予定だったらしい．ところが，『ロード・ジム』が思いのほか長くなってしまったために「青春」「闇の奥」は，かわりに『万策尽きて』("The End of the Tether") とともに 1 冊にまとめられた⁵⁾．

　『ロード・ジム』執筆時の出版社宛ての書簡には，作品が少しずつ拡大していくことに対する弁解と，実現できそうもない脱稿の約束が毎日のように繰り返されている．1899 年 2 月 14 日のブラックウッド (William Blackwood) 宛ての手紙でコンラッドは，「青春」「闇の奥」とともに『ロード・ジム』を単行本にまとめるつもりで，4 月までに短編「ジム」を完成すると言っている⁶⁾．しかし，1899 年 7 月 6 日の段階でまだ月末までに仕上げると述べているところをみると依然として原稿は完成していない⁷⁾．そして，実際 7 月末に第 5 章に差しかかった時点では，もうすぐ完成すると言いながら，肝心の物語の結末を見失い，最初の袋小路に入り込んでしまったらしい ("I shall be sending you [David Meldrum] MS almost daily if only a few pages at a time keeping it up till the end which, I pray, may be soon but is not in sight yet—not by a long way.")⁸⁾．

第5章と言えば，ちょうど一見伝統的な全知全能のように見える語り手からマーロウへ語りが譲り渡される箇所である．ここでは，「裁き」を巡る権威の移行が生じている．

『ロード・ジム』のはじめの4章までは，いわゆる全知全能らしき語り手が語っている．この全知全能の語り手は，パトナ号事件での行動につながっていくと想定される主人公ジムの性格を描写する．主人公を性格付けし，この些細なエピソードによって後のパトナ号事件への伏線を張るこの語り手は，伝統的な語り手らしく，これから何が起こるかを把握し，物語世界を統御しているように思われる．ジムは，19世紀に流行していた「日曜日の軽い冒険物語」("light holiday literature")（47）に「冒険への渇望」（50）を刺激され，海の生活を志していた．彼は船乗りとして実際に海に出る前から「冒険小説の海の生活を実演し」，その空想の世界で「つねに義務への献身の鑑であり，読み物の中の英雄のように不屈」だった（47）．続く訓練生時代のジムの小さなエピソードも，さらにジムの誇大妄想癖を印象付ける．ある嵐の日，近くで衝突事故が起こり，訓練生たちは勇んでその船の救助に向かう．ジムはと言えば，事故の知らせを聞いて急いで甲板に出るには出たが，激しい嵐の様子にひるんでしまい，仲間に出遅れ救助船に乗り損ねる．この難破船救助劇は，冒険小説の英雄がその勇敢さを示す格好の機会である．冒険小説によって想像力を掻き立てられ，英雄のように沈みかけた船を救助する自分を想像していたが，実際の彼の行動は夢想とはかけ離れていた．

この誇大妄想癖が実践では災いし，ジムの船員生命に終止符を打つ．船員として乗り組んだパトナ号が海上浮遊物と衝突したため，船底を点検しにいったジムは，亀裂の入った隔壁が水圧で今にも破裂して浸水し，船が沈没すると早合点してしまう．800人もの乗客を見捨てて自分たちだけ助かろうと必死に救命ボートを用意するドイツ人船長以下4人の不良乗組員たちに，ジムは初め軽蔑の眼差しを向けていた．しかし，小さなボート数隻とそれにはとても乗り切らないほどの乗客，そして足下には沈みかけている錆だらけの老朽船 ―― 極

限状況の中でジムは，自分でも知らないうちに彼らと同じボートに飛び降りていた．ところが，沈没すると思われていた錆だらけの老朽船パトナ号は，逃げた船員たちの予想に反してフランスの砲艦エイボンデール（*Avondale*）号に曳航され，無事港に到着していた．救命ボートでジムと一緒に逃げた船長と不良船員たちは，裁きを免れようと逃走するが，ジムはたった１人で裁きを受けようとする．

　ジムの外見と人格をやや突き放して描き，夢見がちなジムの性格と後のパトナ号事件とを因果関係で結ぼうとする，はじめの４章までを受け持つこの語り手は，ヒリス・ミラー（J. Hillis Miller）が言うように，確かにトロロープ（Anthony Trollope）やエリオット（George Eliot）のヴィクトリア朝小説の伝統的な語り手のようである[9]．しかし実際，語り手は肝心の事件そのものを写実的に描写するどころか，描写そのものを省き，パトナ号の航海の様子を少しばかり報告し，事件が迫っていることを不吉に予告した後退場する．第３章の終わりで事件の前兆と，どうやら船が衝突したらしいことがぼんやりと伝えられるが，第４章で場面はいきなり事件から１カ月後の法廷に移っている．つまり，第３章と第４章の間には大きな空白があり，第４章の終わりで法廷の傍聴人の１人として紹介された個人的な語り手マーロウが第５章以降の語りを引き継ぐのである．作者は，まるで伝統的な権威ある立場に居心地の悪さを感じ，その絶対的権威の立場からはジムを十分に描けないとでも言うように，一見全知全能風の語り手を退場させ，個人的な語り手マーロウを登場させている．ここから作者は，マーロウを通して絶対的な権威の立場からは見えないジムの事件の内側に入り込もうとする．

　ジムの社会的責任を問う場である法廷が問題にするのは，乗客を守り，救うという船乗りとしての義務をジムが怠ったという，事件についての「有名な事実」である．ところが，マーロウには，法廷が事件の「根本的な理由」("the fundamental why")ではなく，「表面的な経緯」("the superficial how")を扱っているに過ぎないように思える．法廷には「人間の魂の状態を調べることを期

待するのは無理な注文」で，ジムへの尋問は，「知る価値のある唯一の真実からジムを遠ざけてしまうばかり」だと感じるマーロウは，自分が宿泊しているマラバール・ホテル (the Malabar Hotel) のダイニング・ルームで個人的にジムと面談して，「司法当局」の解明できない「心理的なもの，人間の感情の強さや力，恐ろしさ」(84) に迫ろうとする．マーロウにとって，問題は法廷が扱う事件の外面的・社会的真実よりも，ジム個人の内面の真実である．会食を通してジムも，「法廷には説明できないこと」(111, 120) をマーロウに説明しようとする．こうして，主人公ジムおよび彼の行為は，公の審問と同時に語り手マーロウの私的な審問にも付される[10]．つまり，作者が最初にむかえた難所，第5章で起こっていることとは，事件を巡る社会的なドラマから，マーロウという個人の内面のドラマへの移行である．ジムが老朽化したパトナ号から救命ボートに飛び降りたように，物語全体として見ると，第5章で言わば作者も，絶対的な権威の立場から個人の立場へ飛び降りたのである．つまり，物語形式における "jump" は，物語の内容（ジムのパトナ号からの "jump"）をなぞっているわけであり，マーロウはまるで作者がジムに差し出した救命ボートのようである．というのもこれ以後，マーロウはジムを何とか更生させようとするからである．しかし，先ほど触れたように，物語全体として見れば，マーロウという個人的な視点への "jump" は，作者に『ロード・ジム』という物語全体の結末を見失わせ，物語を何らかの結末に向かって収束させるどころか，さらに拡大する契機となっているように思われる．公・私の二項対立はマーロウの登場によって解決されるのではなく，マーロウ個人の内面に葛藤として取り込まれる．マーロウは，全面的にジムの弁護をするわけではない．彼は，ジムに対する共感と反感の間で揺れる人物である．

　はじめの4章までの語り手は，ジムの妄想癖が彼の弱点であるかと言わんばかりだった．法廷もジムを憶病者と判断する．マーロウも，この点に目をつぶっているわけではなく，マーロウにもジムの勇敢さに関して疑問がある．沈没すると思われたパトナ号がまるで幽霊船のように港まで辿り着いてジムを窮地に

陥れたように，船乗りの規範は，現役の船乗りであるマーロウにとって形骸化しているとは言え何度も回帰してジムへの共感を遮る．マーロウは，1人出廷するジムの行為が果たして，冒険物語の英雄のように勇敢なのかあるいは単に事実に目を伏せているだけなのかわからない．事件当時についてのジムの説明は曖昧だ．彼は，自分自身がとった行動についてはっきりと理解できていない．彼には，「飛び降りた…ように思う」("I had jumped . . ." He checked himself, averted his gaze. . . ."It seems," he added.) (125) という言い方しかできない．マーロウは，公的な審問では扱えないことをジムから聞き出そうとするが，時としてそれらはマーロウ自身にもよくわからない ("I can't explain to you who haven't seen him and who hear his words only at second hand the mixed nature of my feelings. It seemed to me I was being made to comprehend the Inconceivable." (111))．確かに他の船員たちが逃げた後1人裁判に臨んだジムは，パトナ号事件と「最後まで向き合う」のだと何度か言っている (140, 156)．しかし，マーロウにはジムの一連の行動が果たして勇ましく孤軍奮闘していることになるのか，単に過去から目を背けて逃げているだけなのかがよくわからない．

> There was always a doubt of his courage. The truth seems to be that it is impossible to lay the ghost of a fact. You can face it or shirk it—and I have come across a man or two who could wink at their familiar shades. Obviously Jim was not of the winking sort; but what I could never make up my mind about was whether his line of conduct amounted to shirking his ghost or to facing him out. I strained my mental eyesight only to discover that, as with the complexion of all our actions, the shade of difference was so delicate that it was impossible to say. It might have been flight and it might have been a mode of combat. (187)

第 2 章　『ロード・ジム』——「裏切り者」に対する裁き

裁判官たちと同じように，ジムを臆病者だと判断する時，マーロウも船乗りの行動規範に忠実であり，この物語の中で何度も繰り返される表現を用いるなら仲間（"one of us"）である．しかし同時に，マーロウ自身，現役の船乗りでありながら，船乗りの行動規範に疑問を抱いていることは，ジムの件にマーロウがそもそも関心を持った理由に示されている．

> I see well enough now that I hoped for the impossible—for the laying of what is the most obstinate ghost of man's creation, of the uneasy doubt uprising like a mist, secret and gnawing like a worm, and more chilling than the certitude of death—the doubt of the sovereign power enthroned in a fixed standard of conduct. ... Was it for my own sake that I wished to find some shadow of an excuse for that young fellow whom I had never seen before, but whose appearance alone added a touch of personal concern to the thoughts suggested by the knowledge of his weakness—made it a thing of mystery and terror—like a hint of a destructive fate ready for us all whose youth—in its day—had resembled his youth? I fear that such was the secret motive of my prying. (80)

裁判所の判断からはみ出すジム像を語ろうとする時，それはマーロウ自身が海事裁判の依拠する船乗りの行動規範に挑戦することを意味し，当然そのような物語は聞き手である仲間に受け入れられない．『ロード・ジム』ではマーロウのなじみの聞き手は，ほとんど彼の語りに反応しない．聞き手にとってマーロウはあまりにも「難解」である（"He[Marlow] paused again to wait for an encouraging remark, perhaps, but nobody spoke; only the host, as if reluctantly performing a duty, murmured—'You are so subtle, Marlow.'" (112)）．そして，ジムの物語を聞き終えた後も，聞き手は，それぞれの胸に印象

を「秘密のように」抱いて，一言の感想もないまま急いで退散する (291)．"One of us"として仲間の内側の立場から語るならば，ジムは船乗りの共同体に対する「裏切り者」であり，ジムの人物像は「罪人」として完結するはずだ．にもかかわらず，マーロウは，「罪人」としてのジム像に疑問を感じ，仲間の外の立場から，つまり裁判官たちとは違う視点から見たジム像を提示しようとする．仲間の内と外を往復しながら語るマーロウは，なかなかジムについての物語を完結させることができない．法廷でジムに裁きが下った後もマーロウは公の裁きを「白紙の状態」(179) に戻して語り続ける．語り手マーロウは，「すべてを言い尽くす」には人生はあまりに短すぎると嘆き，ジムの人物像を完結させる「最後の言葉」を見いだせずに延々と語り続け，最終的には「最後の言葉」をあきらめる (208)．作者は第4章の終わりでマーロウを登場させたが，"one of us"でもありまたそうでもない人物が語りを引き継ぐことによってジムについての判断がより難航するであろうことを予想していたにちがいない．物語の結末が見えないという先述の書簡における嘆きはその予想に由来するのかもしれない．

*

　マーロウがジムに対する判断に苦しむとしても，法廷では，「明白な義務をなおざりにし，危険に際して，委ねられた人命と財産を放棄した」(160-1) かどで有罪の判決が下り，ジムは船乗りの世界から追放される．それでもマーロウは，船乗りの資格も名誉も失ったジムを見捨てず，「白紙の状態で再出発する」チャンス (179) を彼に与えようとする．そこでマーロウは自らの友人を頼ってジムに仕事を紹介するが，パトナ号事件の噂がささやかれるたびにジムはけんか騒ぎを起こしたり逃げ出したりし，どの職場でも続かない．そうして各地を転々とするジムを見ながらマーロウは，冒険小説の主人公のような英雄的偉業を達成するというジムの夢を実現する手助けというよりは，せいぜい日々の生活の糧を得る程度の仕事を紹介することくらいしかできていないと感じ，やるせない気がしていた．そして，事件の亡霊に次第に追い詰められていくジムを見かねたマーロウは，ドイツ人の豪商シュタイン (Stein) に相談し，更生

の最後のチャンスとしてジムに東洋のパトゥーサン (Patusan) 行きを勧める．マーロウは，物語内容における行為を語りの上でもなぞっている．ジムに対する公の判決を文字通り「白紙の状態」に戻して，判決以後もジムの言わば冒険者としては堕落した形態の放浪の旅を語り続ける．こうして物語後半は冒険小説的色合いを深めていく．

　確かにパトゥーサンで展開する後半部分は，マーロウ自身「ロマンスの昂然とした要素」(202) と呼ぶものに満ちている．ジムとブギス (Bugis) 族族長の息子デイン・ワリス (Dain Waris) との男同士の友情，ジムとジュエル (Jewel) とのまるで騎士道ロマンスのような恋愛 ("there was nothing lighthearted in their romance: they came together under the shadow of a life's disaster, like knight and maiden meeting to exchange vows amongst haunted ruins." (273)) や，部族間の戦闘は，まさに「英雄的な物語に格好の素材」("The conquest of love, honour, men's confidence—the pride of it, the power of it, are fit materials for a heroic tale." (209)) であろう．ジムはデイン・ワリスと協力して対立部族を討ったことで，族長ドラミン (Dramin) をはじめパトゥーサンの民からの称賛と信頼を勝ち得る．放浪の果てに辿りついたこの土地で，いまやジムは，「白人のだんな」("the white lord") として東洋人の上に君臨し，英雄的な偉大さと愛を手に入れ，過去の罪を贖っていくかのように見える．

　パトナ号事件の裁判を巡る前半部分と異国情緒あふれるパトゥーサンでの出来事を語る後半部分の間には亀裂があるということはこの物語の発表当時からこれまでよく指摘されてきた．ウルフは，後半が前半からうまく発展していないと考え[11]．モーザーは，後半部分は，もともと短編だったものを罪と贖いの長編物語にするために付け足したもので，内容が薄いと述べている[12]．また，このように前半と後半を統合しようとする多くの支配的な読みに対して，ウィリアムズ (Jeffery J Williams) は，この「亀裂」部分で起こっている現象をジェイムソン (Frederick Jameson) に倣ってジャンル間の移行と見なし，ここに小説の歴史そのものが刻印されていると述べ，形式の上での非対称性を弁護し

ようとする[13]．しかし，実は後半部分は典型的なロマンスでもない．

　マーロウは，ジムの更生方法を「船乗りらしく」「信頼できる士官」のように見えるフランス人艦長（145）や，「これまで出会った中で一番信頼できる人物」シュタイン（191）に相談するが，フランス人艦長の理性的な助言やシュタインの博識（彼は豪商であるとともに博物学者で蝶の収集家でもある）は，マーロウに何の答えも与えてくれない．「ヨーロッパ全体がつくりあげた」クルツが西欧的思考の土台を「こなごなに踏み砕いて」"jump"してしまったように[14]，ジムも西欧的な思考の枠組み内で語りきることはできない．マーロウには，ジムを「罪人」と呼ぶだけではジムのすべてを言い尽くしたことにはならないように感じるが，かといって，パトゥーサンという未知の領域に踏み込むジムを勇敢な冒険家に見立てた冒険ロマンスも所詮，"strange uneasy romance"（251）にしか思えない．

　マーロウは，理想の英雄像と自己のイメージを重ねようとするジムの旅を，「底なしの深淵への行進」（175），パトゥーサンを，「罪か規則違反かあるいは不運かを葬る墓場」（204）とも呼んでいる．マーロウはジムを冒険物語の英雄のように描写する一方で，このように流刑地に送られてきた罪人のようにも見なしている．マーロウは，「言葉もまた我々の避難所である光と秩序の世界のものだ」（274）と言う．マーロウがいくら"the sovereign power enthroned in a fixed standard of conduct"（80）に疑念を抱いていると言っても，ジムのように「光と秩序の世界」から完全に"jump"してしまったわけでもなく，最終的にその世界に戻っていくマーロウに，「罪人」ではないジムをどう表現すべきなのだろうか．マーロウは，イアン・ワット（Ian Watt）に言わせれば典型的なヴィクトリア朝人でもある[15]．そんな彼にとって審問の枠を超えた事象は，まさに「名付けようのない」事象である（269）．

　ジムの夢が実現される土地であり，彼の「新しい世界」（"his new sphere"）（245）であるパトゥーサンは，前人未到の忘れ去られた土地（"one of the lost, forgotten, unknown places of the earth"）（281）である．パトゥーサンで

のジムは,「別な方法で」(346) 自分の力を試そうとしていた.パトゥーサンでのジムの更生を検討するシュタインとマーロウは,彼らの現実とは「別種の現実」(212) を扱っていると自覚している ("Neither Stein nor I had a clear conception of what might be on the other side when we, metaphorically speaking, took him up and hove him over the wall with scant ceremony." (212)).

> Well! He[Jim] had refused this unique offer. He had struck aside my helping hand; he was ready to go now, and beyond the balustrade the night seemed to wait for him very still, as though he had been marked down for its prey. ... It was too awful for words. I believe I shouted suddenly at him as you would bellow to a man you saw about to walk over a cliff. (157)

マーロウの語りはこうした「向こう側」への到達を志向している[16].マーロウも,ジム本人も,パトゥーサン行きを「2度目のジャンプ」と表現している ("my second leap" (228); "the second desperate leap of his life—the leap that landed him into the life of Patusan, into the trust, the love, the confidence of the people." (324)).ジムの最初の"jump"の時と同じように,物語全体として見れば前半と後半の断絶部分でも再び判断が先送りされており,新しい判断基準の領域が求められているのである.

*

マーロウはジムの最後を見届けないまま帰国する.第35章でマーロウは,彼は「ジムが捨てた世界へ戻る旅路」(287) につき,ジムに別れを告げる.ここで,マーロウの口頭での語りも終わる.ここまでの語りにおいて,ジムに対して「友人」と「判事」との間を揺れ動いていたマーロウにも,「帰国するということは,どうしても決算報告をしに帰ることになるのだという気がする」らしい (206).ジムと一緒に沈みゆく夕日を眺めながら,マーロウは,「自ら

の傍らの罪人」ジムが，沖の澄み渡った空にまるで「彼のロマンティックな良心を非難する言葉が大きく書かれているのを見るのが恐いとでもいうように」うなだれているように見える (288). このように口頭での語りの最後は終末の意識に満ちており，マーロウはジムの物語を「罪と罰」の大きな物語のように締めくくろうとして，ジムがこの西の空の輝きにどんな「赦し」を見ていたのかと問いかけ ("Who could tell what forms, what visions, what faces, what forgiveness he could see in the glow of the west!" (290))，自分1人「ジムが捨てた世界」へ帰っていく．これも，作者が物語を閉じようとする試みの1つであろうが，マーロウの聞き手には，「未完の物語の最後のイメージ」しか残っていない．

> With these words Marlow had ended his narrative, and his audience had broken up forthwith, under his abstract, pensive gaze. Men drifted off the verandah in pairs or alone without loss of time, without offering a remark, as if the last image of that incomplete story, its incompleteness itself, and the very tone of the speaker, had made discussion in vain and comment impossible. Each of them seemed to carry away his own impression, to carry it away with him like a secret. (291)

ここでは何らかのはっきりしたジム像が与えられるのではない．聞き手は，結局ジムに関してそれぞれ別々の印象を「秘密」のように胸に抱くしかない．マーロウもその1人である．ここでジムは，英雄的偉業を達成する機会をまだ自分のものにできず，「巨大な謎の中心に立っている」ようにマーロウには見える (291).

聞き手の中で1人だけ，「物語の最後の言葉」を聞くことができた人物がいる．聞き手に向けての口頭での語りが終わった後マーロウは，聞き手の中でたった1人ジムに興味を抱いた「特権的な読者」("the privileged reader") に宛てた

第2章 『ロード・ジム』――「裏切り者」に対する裁き――

手紙の中で，ジムの最後の試練を語る．彼は，2年以上も経って本国でマーロウからの小包を受け取った．その長い手紙は，ジムの最後についてマーロウが寄せ集めた断片である．もはや冒険家としての「放浪の日々も終え」たこの人物の目の下で，ジムの最後は時間と距離を置いて再検討される．

ジムの最後の試練とは海賊ブラウンとの対決である．すべてが順調に進んでいるかに見えたジムの前に海賊ブラウンが現れ，ジムがパトゥーサンで築き上げたものを破壊し，ジムはやっと手に入れた栄光ある地位から引きずり下ろされる．「紳士ブラウン」と呼ばれる海賊は，盗んだ船を処分しに行く途中で水や食糧を切らし，パトゥーサンに立ち寄る．ジムに破滅的な最後をもたらすこの悪名高き海賊が，「〈暗黒の力〉の盲目の手先としてジムの物語の中に登場してくる」のだとマーロウは述べている (304)．ブラウンは，「無法者の生活の話になるといつも引き合いに出され」，彼について語り伝えられている噂話は，「その一番控え目なものでも，しかるべき筋で話をすれば縛り首になるのに十分だった」(303)．ジムがいわゆる冒険小説（"light holiday literature"）の英雄気取りなら，ブラウンの物語は，"a dark story" (304) である．ところが，この2人の関係はそう簡単ではない．ブラウンの "a dark story" にはジムの物語と似通ったところがある．ジムの家が代々聖職者を輩出してきた名家なら (46)，ブラウンも準男爵の息子である (303)．彼らはどちらも船から逃亡した過去を持っている．ジムはパトナ号を見捨てて逃げたが，ブラウンも本国船からかつて脱走している (303)．そして，ブラウンを退散させるためジムが設けた交渉の機会において，2人はそれぞれのあからさまな憎悪の裏にある種の親近感を抱いている．「ジムが2度目のジャンプをした場所」で対面した2人が，ちょうど小川を挟んで「すべての人類に関わる人生の観念の対極」に位置する様子 (324) をマーロウは次のように記述している．

And there ran through the rough talk a vein of subtle reference to their common blood, an assumption of common experience; a sickening suggestion of common guilt, of secret knowledge that was like a bond of their minds and of their hearts. (329)

　2人の対決によってジムの物語（"light holiday literature"）が，ブラウンの "a dark story" と「合流」する頃（"he sails into Jim's history, a blind accomplice of the Dark Powers"）(304)，明暗という2つの見方をそうはっきり区別することは難しく，読者はブラウンとジムをつい重ねて見てしまう．ジムはブギス族の代表としてブラウンとの交渉に応じるが，断固とした態度に出なかったために，ジム不在の隙にブラウンがデイン・ワリスの陣地に夜襲をしかけ，彼を射殺する．ブギス族の「保護者」のつもりだったジムは，海賊ブラウンの侵入からブギス族の共同体を守れず，1番の親友だった族長の息子デイン・ワリスを死なせてしまう．やっと手に入れたかに見えた名声や友情，信頼を失い，部族全体を敵に回してしまったジムに残された道は，ブギス族相手に戦うか，パトゥーサンから逃げるしかない．もはや失うものもなく，逃げる場所もないジムは，どちらの手段にも訴えず，裁きを仰ぐかのように衆人環視の中族長ドラミンの前に進み出る．息子を殺されたドラミンは，このような結果を招いたジムの責任を問い，ジムを射殺する．

　マーロウの言葉によるジムの死についての以下の一節は，『ロード・ジム』という物語の結末である．しかし，通常の物語における主人公の死と違い，ジムの死は，彼の一連の行動の結末として何らかの意味を我々に与えてくれるというよりは，H. ミラーが指摘している通り，これまでの彼の行動パターンを繰り返しているという印象を与える[17]．マーロウは，主人公の死に至ってもなお依然としてジムの「友人」とも「判事」ともつかないままである．

And that's the end. He passes away under a cloud, inscrutable at heart, forgotten, unforgiven, and excessively romantic. Not in the wildest days of his boyish visions could he have seen the alluring shape of such an extraordinary success! For it may very well be that in the short moment of his last proud and unflinching glance, he had beheld the face of that opportunity which, like an Eastern bride, had come veiled to his side.

But we can see him, an obscure conqueror of fame, tearing himself out of the arms of a jealous love at the sign, at the call of his exalted egoism. He goes away from a living woman to celebrate his pitiless wedding with a shadowy ideal of conduct.（351）

　撃たれたジムのまわりにかけよった部族民たちの言うところでは，ジムはあくまで「白人のだんな」らしく "a proud and unflinching glance" を彼らに投げかけて息絶えた，ということがこの一節の直前で報告されている．だとすると，マーロウはここで，ジムが最後の瞬間についにあれほど渇望した英雄らしさを手に入れたと言っているのだろうか．しかしジムが最後に手に入れたものは，少年の頃読みふけった "light holiday literature" における「成功」とは少し違うようである．むしろジムは「過度に」ロマンティックで，彼の垣間見た英雄的偉業の「成功」は通常の冒険小説における「成功」を超える（extraordinary）らしい．

The story of the last events you will find in the few pages enclosed here. You must admit that it is romantic beyond the wildest dreams of his boyhood, and yet there is to my mind a sort of profound and terrifying logic in it, as if it were our imagination alone that could set loose upon us the might of an overwhelming destiny. (295-6)

そして，同時に，船乗りの共同体から追放されてパトゥーサンに流れ着いたジムは，その共同体から「忘れられ」「赦し」も得ていない罪人のままだということにもマーロウは言及している．マーロウは，愛や名誉や信頼の獲得を「冒険小説に格好の題材」と呼び，ジムと恋人ジュエルを「騎士と乙女」に例えていた．しかし結局彼は騎士として乙女と結ばれるのではない．肥大したエゴの呼び声に誘われたジムは，名声の征服者となるが，謎めいている．ジムは，船乗りの行動規範には背いた．では，彼の理想としている行動規範とは一体どんなものなのか．まさにそれは"shadowy"である．結局英雄でも罪人でもないジムの頭上には依然として「雲が垂れこめ」，彼の心はマーロウにとって謎である．しかし，マーロウは以下のように続けて，それでも「我々」は「我々の仲間」であるジムが満足したのかを知るべきだと言う．

Is he satisfied—quite, now, I wonder? We ought to know. He is one of us—and have I not stood up once, like an evoked ghost, to answer for his eternal constancy? Was I so very wrong after all? Now he is no more, there are days when the reality of his existence comes to me with an immense, with an overwhelming force; and yet upon my honour there are moments, too when he passes from my eyes like a disembodied spirit astray amongst the passions of this earth, ready to surrender himself faithfully to the claim of his own world of shades. (351)

ジムは,「光と秩序の世界」に背を向け,クルツのように「暗黒の世界」に忠実であり続けた.マーロウは,「闇の奥」の時と同様,またしても1人で「光と秩序の世界」に帰っていく.悲劇に終わったとしても,ジムの一途さが残り,マーロウの「不実さ」が際立つ.

＊

裁きに疑問を感じながらもその疑問を払拭できないマーロウの苦しみが『ロード・ジム』という物語を織り上げる原動力であったが,延々と最終的判断が先送りされる過程は,物語を完結させる,つまり判断を下すということがいかにコンラッドにとって困難であったかを物語っている[18].結局,『ロード・ジム』でも,マーロウはジムに対する公の裁きを永遠に「白紙の状態」に戻して語り続け,最終的に判断をさけている.マーロウも,そして作者も,いざ審判となるとそれを回避している.しかし,これは単なる逃げの姿勢というよりは,徹底した判断基準への抗議の姿勢ではないだろうか.おそらくマーロウは,そのような姿勢がジムの場合のように逃げの姿勢に「見える」ということを意識していたに違いない.それ故にこそ,ジムに自己を投影し,その行動が不実か否かを自らに問いかけていたのではないだろうか.そして,自らを永久に苦しめる問題との格闘を経てコンラッドは,『ノストロモ』ではさらに一歩進んで,「不実」という状態そのものを生み出すことが不可能な状況を作り出そうとする.

注

1) Conrad, Author's Note, *Lord Jim* (Harmondsworth, Penguin, 1986) 43 以下引用はこの版に拠り,括弧内にその頁数を記す.
2) Norman Sherry, *Conrad's Eastern World* (Cambridge: Cambridge University Press, 1966) 41-64
3) Conrad, Letter to William Blackwood, 31 December, 1898. Frederick Karl and Laurence Davies, ed. *The Collected Letters of Joseph Conrad*, Vol. 2 (1898-1902) 259-60

4) 'Youth' 'Heart of Darkness' *Lord Jim, Chance* に登場するマーロウを一貫性のある登場人物として見なすべきかどうかについて批評家の意見は分かれている．Greaney, *Conrad, Language, and Narrative* 59, 60 を参照．

5) 　Cedric Watts, *Joseph Conrad: A Literary Life* (London: Macmillan, 1989) 76.

6) 　Conrad, Letter to William Blackwood, 14 Feb, 1899. Frederick Karl and Laurence Davies eds., *The Collected Letters of Joseph Conrad*, vol. 2. 167

7) 　Conrad, Letter to David Meldrum, 6 July, 1899. Frederick Karl and Laurence Davies eds., *The Collected Letters of Joseph Conrad*, vol. 2. 184.

8) 　Conrad, Letter to David Meldrum, 31 July, 1899. Frederick Karl and Laurence Davies eds., *The Collected Letters of Joseph Conrad*, vol. 2. 190.

9) 　J. Hillis Miller, "The Interpretation of *Lord Jim*," *The Interpretation of Narrative*. Ed. (Morton Bloomsfield: Harvard, 1970) Rpt. in *Joseph Conrad: Critical Assessments*. Ed. Keith Carabine, vol.2. (Robertsbridge: Helm Information, 1992) 4 vols. 225; Michael Heynes も，『ロード・ジム』の語り手が，ジェイン・オースティン (Jane Austin) の皮肉のように語り手と読者の「共謀」(collusion) に依存し，generic expectation に左右されると見なしている．Michael Heynes, *Expulsion and the Nineteenth-Century Novel: The Scapegoat in English Realist Fiction* (Oxford: Clarendon Press, 1994) 191

10) 　マーロウの地理上の探検 (geographical exploration) と精神的な旅 (moral exploration) が語りの中で平行して行われていることに関しては，「闇の奥」で既に指摘したが，『ロード・ジム』でもそれらの旅は続いている．第1章注5参照．

11) 　Woolf, *The Essays of Virginia Woolf* vol.2, 1912-18. 141

12) 　Moser, *Achievement and Decline*, 82, 89

13) 　Jeffery J Williams, *Theory and the Novel: Narrative Reflexivity in the British Novel*. Cambridge: Cambridge University Press, 1998. 149-151; Fredric Jameson, *The Political Unconscious: Narrative as a Socially Symbolic Act* (Ithaca and New York: Cornell University Press, 1981) 206-32

14) 　Conrad, *Heart of Darkness*, 109, 144

15) 　Ian Watt, *Conrad in the Nineteenth Century* (Berkeley & Los Angeles: University of California Press, 1979) 147-54

16) 　マーロウの語りが法廷の beyond に到達しようとしていることについては，例えば Lothe, 148 を参照．

17) 　Miller, "The Interpretation of *Lord Jim*," Rpt. in *Joseph Conrad: Critical Assessments*.

218-41

18) ヘンリクセン（Henricksen）は，マーロウが罪と贖いの大きな物語として語りを終えることを差し控えていることに彼の語り手としての誠実さを見ている．Bruce Henricksen, *Nomadic Voices: Conrad and the Subject of Narrative* (Urbana and Chicago: University of Illinois Press, 1992) 104

第3章

『ノストロモ』
―― 「裏切り」の意味の問題化 ――

　『ノストロモ』は，コンラッドのいわゆる政治小説群の第1作目であり，1904年彼が46歳の時に出版された．通常，『ノストロモ』を境にコンラッドは海の物語を卒業し，陸の上で展開する政治に取り組み始めると考えられている．コンラッド文学は，確かに海を舞台とした冒険小説的な初期作品群から，後期には陸（ヨーロッパ）を舞台にし，時事問題を扱った政治小説へと移行していく．『ノストロモ』までの作品における人間の行動の分析は，個人の精神の中に置かれていた．そこでは，若き日のマーロウ，そしてジムの行動が，後の成長したマーロウという個人の語り手の精神にどう映じたかが問題であった．『ロード・ジム』の場合，「裏切り」の問題 ―― つまり帰属の問題 ―― はマーロウという個人の思索の対象であったが，『ノストロモ』でそれは，コスタグアナ共和国（the Republic of Costaguana）という広大な架空の国家に置かれ，一国家内の銀を巡る革命闘争に拡大されている．『ノストロモ』の一見全知全能風の語り手は，コスタグアナ沿岸の一地方にすぎなかったスラコ（Sulaco）が，サン・トメ（San Tomé）銀山が産出する莫大な富と外国資本を基盤として鉄道建設事業を拡大し，新たな国家を樹立するまでの経緯を語る．他者の「裏切り」行為が個人（語り手）にとってどういう意義を持つのかという問題も船乗りの共同体全体に関わる政治的な問題であったが，『ノストロモ』における「裏切り」は，はっきりと国政における覇権を巡る問題と関連付けられている．
　従って，それまでの海の物語としてよりも，陸上の深刻な政治の物語と見なされる傾向が強い『ノストロモ』では，やはりコンラッドの実存的な政治認識

第3章 『ノストロモ』——「裏切り」の意味の問題化 —— 51

や[1]，マルクス主義的歴史観が議論の対象となる[2]．『ロード・ジム』のような個人の心理を描いた小説を偏愛するゲラードにとっては，一国家の歴史である第1部と第2部の「シリアスなドラマ」から第3部で冒険物語のような "popular story" に移行していく『ノストロモ』は偉大ではあるが欠陥小説であるらしい．彼は，ノストロモがやっと活躍し始めるメロドラマ的な最後の200ページほどは余分だと述べているが[3]，コンラッド初の長編政治小説と言われるこの物語の出発点は，むしろ船乗りによる銀塊盗みの挿話であった[4]．副題 A Tale of Seaboard にもあるように，コンラッドは，ちょうど海と陸が接する海岸の町スラコを舞台に，銀を巡る人々の行動パターンを政治のドラマとしてばかりでなく，冒険ロマンスのパターン "conquests of treasure and love" (409) としても繰り返し書き込んでいる．従って，ゲラードのように，メロドラマ的な部分を切り捨てた上で西欧人の歴史的かつ政治的行動ばかりに焦点を当ててこの物語を解釈しようとすることは少々無理があるように思われる[5]．以下に見ていくように，『ノストロモ』の語り手は，西欧中心的な視点を相対化する一方で，自らを「我々」と呼び，西欧人の文明化事業の歴史的プロセスを自己満足的に辿りつつ，大洋汽船会社の出張所長で歴史家でもあるイギリス人のミッチェル (Captain Mitchel) の視点に同化する姿も垣間見せる．道徳的，政治的に腐敗したコスタグアナを進歩させようとするヨーロッパ人勢力の意図が直線的に発展した後に成就する，というような通常の大文字の歴史に期待されるプロットはこの物語では挫かれている．経済的に発展していくかに見えるスラコの現在の様子を伝える語りの進行は，さまざまな人物の過去の物語によって幾度となく中断し，現在と過去は複雑に交差している．ヨーロッパ人たちのコスタグアナ改革運動を支える進歩観は遮られ，矮小化されている．西欧人の「我々」の内と外を行き来するこの「不実な」語り手は，革命を経て西欧人側から土着の貧しい民衆側に寝返る同じく「不実な」主人公ノストロモについて語る．

　『ロード・ジム』においてあれほどまでマーロウがジムに対する道徳的判断をためらい，先送りしたのは，語り手であるマーロウ自身の立場（帰属）が定

まらないからだ．マーロウは，ジムに対する法の裁きに疑念を抱き，その審判を白紙にしながら，法廷では扱えないジムの真実を求めて語り続ける．しかし，現役の船乗りでもあるマーロウは完全に法の裁きを否定し切ることができず，ディレンマを感じる．このように語りのパースペクティブが定まらず，彼は語りを閉じることがなかなかできない．「裏切り者」に対して徹底的に道徳的に判断を下すことにこだわったコンラッドは，おそらくその苦しみが何に由来するのかに遡って考えたに違いない．「裏切り」行為について判断する前に，まずその行為が誰の誰に対する「裏切り」にあたるのかを特定せねばならない．帰属意識がはっきりしていないなら，「裏切り」を特定することはできない．『ノストロモ』は，まさに，ノストロモとは何者であるのか，彼は誰の仲間なのか，コスタグアナの「歴史」，あるいは「愛と宝の征服」の物語のどちらの主人公なのかと考えさせることによって，帰属そのものを問題化する物語である．本章は，この意味で「裏切り」の問題をもう一歩深化させた物語として『ノストロモ』を論じる．

*

アフリカ体験に比べれば，コンラッドの南米体験はそう濃密なものではなかった．コンラッドにとって南米は，船乗り時代に通りかかった場所の1つであり，むしろ彼は広範な資料を基にして実際の南米国家を忠実に再現している[6]．しかし，銀という豊富な資源とそれをめぐって変化する権力構造は，単に南米の雰囲気を醸し出すためだけに用意されたのではもちろんない．「闇の奥」や『ロード・ジム』では，仲間か裏切り者かについての道徳的判断がもともと絶対的な基準に疑念（"the doubt of the sovereign power enthroned in a fixed standard of conduct"）を抱いていたマーロウの心をさらに掻き乱し不安定にしていた[7]．『ノストロモ』では，銀を巡る西欧と非西欧の勢力の対立（革命）が，コスタグアナという国家の政情を不安定にしている．『ノストロモ』の世界は，銀を資金源として南米の後進国コスタグアナを文明化しようとする西欧人たちと，銀山での労働力として彼らに搾取される貧しい民衆の2つの勢力に分けられる．無尽蔵の銀

を自らの手に入れようとして西欧と土着の勢力は革命闘争を繰り返している．この広い政治の舞台において，「裏切り」行為を見極めるには，まず誰がどの集団に属しているのかを理解せねばならないが，コンラッドの作品の中でも『ノストロモ』は，とにかく登場人物が多く，誰か1人を社会の網の目から引き離して論じることは容易ではない．ランド（Steven K. Land）が，『ノストロモ』をコンラッドが複数の主人公を扱おうとした唯一の作品と見なし，グールド（Charles Gould），デクー（Martin Decoud），ノストロモ，モニガム（Monygham）ら4人の行動を分析しているように，コスタグアナの社会における人間関係は複雑に入り組んでいる[8]．混沌とした物語世界を動かし，支配しているかに見える唯一のものが銀である．この国で起こるすべての事件が，「道徳的かつ物質的な中心」である銀を巡って展開する[9]．

　第1部では，コスタグアナに移住したイギリス人グールド一族の三代目，チャールズの経営するサン・トメ銀山が，革命が頻発するコスタグアナの政治改革にどれだけ効力を発揮できるのかが検討される．物語は，コスタグアナ沿岸のスラコの地理と自然の詳細な描写から始まる．ここで俯瞰的な視点から描かれるスラコの風景は，雄大で過酷な自然の中で繰り返されてきた卑小な人間の報われぬ営みを思わせ，スラコを舞台に革命に翻弄される人々の行動の虚しさを予兆する．語り手は，スラコの風景の描写に続いて，ヨーロッパ勢が支援するリビエラ（Don Vincente Ribiera）大統領が哀れな姿で敗走する姿をいきなり我々読者に見せる．大統領は怒り狂った暴徒の手に落ちそうになったところを，沖仲仕の頭領ノストロモ（the Capataz de Cargadores）に救出され，命からがらスラコを脱出する．ミッチェル船長が，彼の「右腕」(96) であるノストロモはこの歴史的大事件の真っただ中で大活躍した —— "It was history—history, sir! And that fellow of mine, Nostromo, you know, was right in it. Absolutely making history, sir." —— とよく言ったものだ，と一見全知の語り手は懐古的に述べている (99)．しかし，タイトルにもなっているこのノストロモなる人物の英雄的活躍について語り手はそれ以上語らず，時間を遡って

彼がイタリアから運試しにコスタグアナにやってきて同郷のヴィオラ（Viola）夫妻のもとに身を寄せている若者であることに触れ，リビエラが初めてスラコを訪問した時のことについて語る．リビエラは，彼を支援するブランコ（Blanco）党が覇権を握っていた頃に，党が精力を注いでいた鉄道事業を愛国的事業として承認するためにスラコを訪れた．時間的順序としては，この18カ月後にリビエラ大統領は失脚するが，語りは，権力の座を追われ，哀れに逃げ惑うリビエラ大統領の姿を先に報告してから，リビエラ政権の繁栄を疑わない政府の要人たちの船上での華々しいパーティの場面を描き，パーティの場面以降，リビエラ政権下で，西欧人たちが銀山の富を基盤に「道徳的暗黒」の地コスタグアナ（257）に秩序と平和をもたらそうとする過程を描く．

チャールズは，クルツやジムのように，壮大な幻想を抱く人物である．チャールズの理想は，銀山が生み出す「物質的利益」の力でコスタグアナに「法と誠実と秩序と安全」(65) をもたらすことである．以下の一節において表明されているように，彼は，銀という富を基盤にして，革命に明け暮れる後進国を進歩させることができると信じている．

> What is wanted here is law, good faith, order, security. Any one can declaim about these things, but I pin my faith to material interests. Only let the material interests once get a firm footing, and they are bound to impose the conditions on which alone they can continue to exist. That's how your money-making is justified here in the face of lawlessness and disorder. It is justified because the security which it demands must be shared with an oppressed people. A better justice will come afterwards. That's your ray of hope. (65)

彼の父親は，グズマン・ベントー（Guzmán Bento）前独裁政権時代に政府から経営難の銀山を押し付けられて財産を失ってしまった．コスタグアナの腐敗した政治の犠牲者となり苦悶のうちに死んでいった父親は，息子には絶対

第3章 『ノストロモ』——「裏切り」の意味の問題化—— 55

に銀山に関わるなという言葉を残していた．ところが，父の遺言にもかかわらず，チャールズは鉱山技術者の資格を取得し，エミリア（Emilia）という伴侶を連れてコスタグアナに戻り銀山を再開して着々と発展させていく．銀山の発展の基盤作りは，グールド夫妻の家庭の基盤作りと複雑に交差しながら語られている．スラコで最も素晴らしいと称されるスペイン風の古い邸宅に人々が出入りし妻エミリアの歓待を受ける現在の様子は，コスタグアナの血なまぐさい過去の歴史と交互に描かれる．コスタグアナの不安定な政治の世界において，グールド家の邸宅という私的な領域は平和・秩序・安定を具現している．グールド家の世話になっているモニガム医師は，噂ではグズマン・ベント前独裁政権時代にある陰謀に関わり，はげしい拷問を受けたらしい（37）．チャールズの伯父をはじめ，現リビエラ政権を支持するブランコ党の前身"the Sulaco Oligarchs"に属する多くの人々が前独裁政権時代に粛清された（39）．そして，グールド家の邸宅の次の描写までには，原住民の搾取の上に成り立ってきたサン・トメ銀山の歴史（42），銀山を呪う言葉に満ちた父からの手紙によってチャールズが次第に銀山に取りつかれていく様子（43），チャールズとエミリアの婚約時代（48），父の死とチャールズの銀山再興の決意（49-52），新婚時代のグールド夫妻が後に銀山経営を経済的に支援することになるアメリカ人大富豪のホルロイド（Holroyd）を自宅でもてなす様子（53）が次々と挿入されている．大資本家ホルロイドと手を結ぶことは，イギリス人の歴史家ミッチェル船長に言わせれば「画期的な出来事」（52）だ．ついに，チャールズは地元の悪徳官僚を買収し，コスタグアナ奥地を調査旅行した際，目をつけていた銀山の用地を手に入れる．グールド夫妻のこうした「努力」が積み重なり，やがて銀山はコスタグアナの政治世界において大きな影響力を振るうまでに発展し，人々はそれを「帝国の中の帝国」と呼び，銀山の総支配人チャールズを「スラコの王」として崇める．語りは，夫妻の奥地への調査旅行の場面とグールド邸でのお茶の場面を行き来し，混乱の大地コスタグアナからグールド邸という空間を「目に見える安定のしるし」("the visible sign of the stability that could be achieved on the shifting ground of revolutions")（143）として浮かび上がらせる．が，場面はちょうどコスタグアナの実際の統治者リビエラを初めて迎える船上パーティに戻り，第1部が終わる．第1部が終わるころに再びノストロモが現れて場面は船上パーティへと戻る．西欧人勢力が支援するリビエラ政権の転覆を先に知らされている我々読者は，盛大なパーティによって祝われたヨーロッパ人たちの事業の門出と続く努力の虚しさを感ぜざるを得ない．

*

　第2部の中心的事件は，ノストロモとデクーのイザベル島への夜間の航行である．2人は，モンテロ反乱軍の襲撃から銀塊を守るため，銀塊を艀に乗せてイザベル島へ運ぶ．第1部において，秩序と繁栄を象徴するグールド家が道徳的混沌の地コスタグアナにおけるヨーロッパ勢の希望の光として描かれているとすれば，第2部ではイザベル島が，漆黒のプラシド（Plácido）湾に浮かぶ希望の光である．

　理想主義者チャールズの武器が銀（富）の力だとすれば，「現実主義者」（162）デクーの武器は「知性」（361）である．パリで「人生のディレッタント」（149）を気取っていた頃のデクーは，自分の生まれた国コスタグアナの後進性を嘲笑していた．どんな政治でも「物がよく見える人間」には「滑稽なもの」だと言っていたデクーには，コスタグアナの政治はまさに「舞台上の政治家，悪党，その他もろもろの滑稽な盗みや陰謀や人殺しが，それこそ大まじめに演じられる喜歌劇」（opéra boufffe）に過ぎず，ばかばかしくて話にならない．手の施しようのない後進国を文明化しようとして覇権争いに興じている人々は，「宇宙の運命に影響を与えていると信じ込んでいる」（116）だけのようにデクーには思える．しかし，彼のこのような突き放した姿勢は，パリとコスタグアナの物理的な距離によってかろうじて保たれていたにすぎない．モンテロ将軍率いる革命の勃発を機に急きょ祖国に呼び戻されたデクーは徐々に冷静さを失っていく．

　モンテロ将軍は，独裁者ベントーの突然の死によって圧政時代に終止符が打たれた後，内乱で活躍したことによってリビエラ大統領から信頼を得ていた．

しかし，モンテロ将軍は銀山の恩恵に浴せない不満から，リビエラ大統領のスラコ訪問から半年もたたないうちに土着民勢力を味方につけて謀反を起こし，カイタ（Cayta）を包囲する．そこで，モンテロ軍制圧のためカイタへ向かおうとするバリオス将軍に武器を調達する人物として，パリにいるデクーに白羽の矢が立った．コスタグアナの文明化を推進するリビエラ派の大義がモンテロ革命によって危機にさらされている最中に帰国したデクーは，スラコで熱狂的に迎えられ，出迎えの人々の「より洗練されたヨーロッパの政治の舞台では見られないその情熱と悲しみの調子」（119）に我知らず心を動かされる．祖国への帰還を観光程度にしか考えていなかったデクーの中でいつしか愛国心が芽生えはじめる．思っていた以上に自分は「コスタグアナ人」だと自覚しはじめたデクーは，次第に政治の世界に深入りしていく．知の勝ったデクーが提唱するのは，再生の見込みがないコスタグアナから国中で最も豊かな白人居住区スラコだけを分離独立させることである．デクーは，チャールズのことを単純素朴な欲望や動機でさえまず「冒険のおとぎ話」（159, 162）として理想化しなければ行動できないセンチメンタリストだと軽蔑していた．しかし，新国家樹立の資金である銀をモンテロ派の襲撃から守るためにイザベル島への「無謀な冒険」（213）を命懸けで敢行しようとするデクーは，それまで距離を置いて眺めていたチャールズの冒険家的行為を模倣している．語り手も，ノストロモとデクーの2人を，「切迫した共通の危険に巻き込まれた，まったく別の冒険を追求している2人の冒険家」（"There was no bond of conviction, of common idea; they[Decoud and Nostromo] were merely two adventurers pursuing each his own adventure, involved in the same imminence of deadly peril. (216)"）と呼んでいる．

　チャールズは，銀山の富という「武器」（weapon of wealth）（265）によって，モンテロ革命制圧のための文字通り「武器」を調達するために帰国したデクーは，「彼が効果的に使える唯一の武器」（202）である知性によって，「道徳的暗黒」の大地コスタグアナ（257）に文明の光をもたらそうとする．デクー

が唯一の美徳と見なす「知性」も,革命に揺れるコスタグアナでは文字通りの「武器」を運ぶ以外には有効ではなく,結局彼はイザベル島で1人取り残され ("left stranded"),絶望のうちに自ら命を絶つ。語り手は第1部でチャールズがその理想主義から立ち行かなくなる様子を同じような strand のイメージで描いている。追い詰められたリビエラ改革推進派の人々は,秩序と平和のシンボルとしてのグールド家の客間に集い,税関に保管された銀塊を奪おうとしてスラコに進軍するモンテロ派の打倒を叫ぶ。スラコ革命に関わる人々は,コスタグアナの混沌とした政治の世界という大海原で,まるで孤島のように浮かぶグールド家に打ち寄せる「政治の波」に例えられている ("The tide of political speculation was beating high within the four walls of the great sala [the reception room], as if driven beyond the marks by a great gust of hope." (143); "[from] the empty sala, the political tide had ebbed out to the last insignificant drop" (152))。最後の切り札として銀山の爆破を考えるチャールズは,支援者が1人ずつ去っていく中,まるでデクーのように孤島に取り残されている。

> And now the Europeans were dropping off from the group around Charles Gould till the Administrador of the Great Silver Mine could be seen in his whole lank length, from head to foot, left stranded by the ebbing tide of his guests on the great square of carpet, as it were a multi-coloured shoal of flowers and arabesques under his brown boots. (148)

チャールズが銀山によってコスタグアナを改革する理想故にコスタグアナで「立ち往生する」なら,デクーはその知性故に「立ち往生する」(left stranded)。語り手は,まるでイザベル島でのデクーの後の自殺の場面を念頭においているかのように,彼のそれまでの行動に言及している。デクーは,死

第3章 『ノストロモ』——「裏切り」の意味の問題化—— 59

の床に伏せっているテレサ（Teresa）のためにモニガム医師を呼びに行ったノストロモをヴァイオラ宅で待つ間，パリにいる妹に宛ててスラコ革命の状況を手紙をしたためる．手紙を書く手を休めて窓から外を見た時，彼の目の前には漆黒のプラシド湾が広がっている．

> Decoud was met by a darkness so impenetrable that he could see neither the mountains nor the town, nor yet the buildings near the harbour; and there was not a sound, as if the tremendous obscurity of the Placid Gulf, spreading from the waters over the land, had made it dumb as well as blind. (169)

そこには彼が後に新国家樹立を信じて銀塊を運ぶ場所であるイザベル島が浮かんでいる．国有鉄道の所有物を暴徒の手から守るために人々は出払ってしまっていてあたりは異常な静けさに包まれている．デクーは，リビエラ改革推進派降伏という絶望的な雰囲気が漂う中で，ただ1人新国家樹立構想を信じることの心細さを手紙の中で妹に吐露する——"I have the feeling of a great solitude around me.... Is it, perhaps, because I am the only man with a definite idea in his head, in the complete collapse of every resolve, intention, and hope about me?" (170). そして彼はあまりの孤独感から自分が生きているのか死んでしまったのかさえわからなくなり，"the whole thing, the house, the dark night, the silent children in this dim room, my very presence here—all this is life, must be life, since it is so much like a dream" という一文で妹への手紙を結んだ後，「まるで銃ででも撃たれたかのように」(183) テーブルの上に突っ伏す．この時，ヴァイオラ宅でのこの場面は後の自殺の場面と重なる．彼は後にイザベル島でノストロモの帰りを待ちわびながら同じように現実感覚を失って孤独のうちにピストル自殺する．以下の一節はその場面である．

"It is done," he [Decoud] stammered out, in a sudden flow of blood. His last thought was: "I wonder how that Capataz died." The stiffness of the fingers relaxed, and the lover of Antonia Avellanos rolled overboard without having heard the cord of silence snap in the solitude of the Placid Gulf, whose glittering surface remained untroubled by the fall of his body.

A victim of the disillusioned weariness which is the retribution meted out to intellectual audacity, the brilliant Don Martin Decoud, weighted by the bars of San Tome silver, disappeared without a trace, swallowed up in the immense indifference of things. (363)

銀塊を抱いてプラシド湾の "the immense indifference of things" に音も立てず飲み込まれるデクーの姿は，コスタグアナの大地という "immensity" (68) を相手に奮闘してきた彼のそれまでの姿と重なる．第2部では，デクーの一つひとつの努力──スラコ分離政策の提案に始まって，コスタグアナ奥地を縄張りとする盗賊ヘルナンデス (Hernández) 一味と，ノストロモの影響力を頼りに民衆をリビエラ派に取り込む過程が，デクーの自殺を予兆する場面と交錯し，それまでの一連の行為の虚しさを思わせる．彼の知性という武器はコスタグアナでは有効に機能せず，結局そこに何の痕跡も残さなかったのである ("Both his intelligence and his passion were swallowed up easily in this great unbroken solitude of waiting without faith" (361))．とすれば，絶望のうちの死は，デクーの「知的大胆さ」に対する「罰」なのだろうか．

*

追い詰められたチャールズは，モンテロ反乱軍に銀山を没収されるくらいなら爆破してしまおうとさえ考えていた．ところが，イザベル島にデクーを残して1人帰還したノストロモが使者となってカイタのバリオス将軍をスラコに

呼び戻したことによって，改革派は救われ，銀山も爆破を免れる．ミッチェルによればコスタグアナの「歴史」に刻まれるノストロモの "the famous ride to Cayta" (344) は，一方で「立ち往生した」チャールズを救い，他方同じく「立ち往生した」デクーをそのまま島に取り残す．デクーの自殺の場面は，イザベル島への決死の航行を中心に描く第2部ではなく，「スラコ共和国」の独立が実現する結末（第3部）に持ち越されている．第3部では，コスタグアナを襲った「嵐のような」革命（12）に翻弄された人々がそれぞれどのような "reward" を手に入れたのかが歴史家ミッチェルの語りを交えながら報告される．

　ミッチェルが報告する現在の新国家は，内乱を繰り返していた後進国コスタグアナよりも確かに一見進歩しているように見える．しかし語り手がミッチェルの「奇妙な無知」("a strange ignorance of the real forces at work around him")（103）に注意を喚起しているように，それは西欧人による革命の制圧と新国家樹立の後の貧しい民衆による次なる革命への不穏な動きを無視し，西欧人の輝かしい功績だけに注目するものである[10]．我々読者は現在のスラコの繁栄を手放しでは喜べない．ミッチェルによる楽観的な説明が終わるとすぐに，ノストロモによって島に置き去りにされたデクーの様子が語り手によって挿入され，ミッチェルの報告する新国家の将来に暗い影を投げかける．そして，グールド邸で以前のようにパーティーが催されている最中にノストロモはイザベル島で射殺される．

　『ノストロモ』が物語の舞台となるプラシド湾の自然描写で始まることについてははじめに触れたが，そこでは，プラシド湾の入り江にあるアスエラ（Azuera）半島に隠された財宝にまつわる伝説が紹介されている．貧しい民衆の俗信では，アスエラ半島に木1本生えないのも，多くの人が財宝を目当てにやってきて身を滅ぼすのも，この財宝の呪いのせいらしい．この宝を探し当てながらも帰らぬ人となった「神を恐れぬ3人の冒険者たち」の魂は，昇天できずに今なお亡霊となってあたりに住み着いていると彼らは信じている（8）．語り手が語る「歴史」における銀を巡る事件の展開も，銀という「宝」に取りつ

かれていくうちについには「愛」を失う男たちの物語でもある．チャールズの父の遺言は，コスタグアナに戻ってサン・トメ銀山を再開することを息子に固く禁じていた．しかし，息子チャールズは，銀山で身を滅ぼした父の戒めによってまさしく「禁じられた富」(forbidden wealth)(8) となった銀山に通い詰め，次第に妻エミリアとの関係を破綻させていく．グールド夫妻の間には「銀塊の壁」(164) が立ちはだかっているが，『ノストロモ』における他の恋人たちの間でも銀という「禁じられた富」が障害となって，彼らの「愛」の成就を阻む．

　ノストロモが再び戻ってくるのを島で1人きりで待ちわびながら，デクーは孤独に耐えきれずピストルで自殺する．銀塊を抱いて自分の体をプラシド湾に沈めたデクーは，恋人アントニアの元へは二度と戻らない．先に引用した箇所でもプラシド湾に沈むデクーが「恋人」であることがわざわざ喚起されていた ("the lover of Antonia Avellanos rolled overboard without having heard the cord of silence snap in the solitude of the Placid Gulf, whose glittering surface remained untroubled by the fall of his body." (363))．このことを利用して，ノストロモはイザベル島に隠された銀塊がすべてプラシド湾に沈んだことにして銀塊を独占しようと企む．彼はヴァイオラ一家を灯台守として島に住まわせ，実際はその娘ジゼル (Giselle) が目当てだが，姉のリンダ (Linda) の元に通うふりをして毎夜こっそり銀を少しずつ運び出し，産をなしていた．ところがノストロモは，以前からジゼルに付きまとってヴァイオラ老人に疎んじられていた青年ラミレス (Ramirez) と間違えられて射殺される．こうしてノストロモも，彼が本当に結ばれることを願っていたジゼルとの仲を銀によって永久に裂かれてしまう．

　進歩改革派は，革命の危機に瀕してとうとうコスタグアナ奥地の草原を支配する盗賊ヘルナンデスまで味方に引き込んだ．チャールズは，そんな改革派の大義の欺瞞を感じ，また，革命騒ぎから一向に抜け出そうとしないこの国に一旦幻滅をおぼえるものの，死んだデクーの意志を受け継いで再び新国家のために尽力する決意を固め，銀山経営を継続する．改革派の大義に対するチャール

ズの幻滅は，理想主義的行動において「失敗した者がうける当然の罰」(269) だと医師モニガムは言う．一方，語り手も，デクーの心臓を貫く弾丸を，"the penalty of failure" (133) と呼んでいる．デクーやノストロモの死を乗り越えて継続するチャールズの物語は希望に満ちたものではないかもしれない．しかし，それでもチャールズは「罰」(penalty) を生き延びる．伝統的な小説では，主人公の死はそれまでの行動に対して下される「罰」の1つである．チャールズの幻滅やデクーの自殺は，コスタグアナを進歩させようとしてきた西欧人たちの行為に対して下された「罰」なのだろうか[11]．

　主人公ノストロモの死は，銀に関わった男女が繰り返してきた行動パターンの最後の変奏であり，『ノストロモ』という物語の結末でもある．ところが，ノストロモに焦点を当てているはずのエンディングは，以下の一節に見るように，彼に下された「罰」が何なのかを明らかにするよりはむしろ曖昧にしている．語り手は，ノストロモがその死によって，あたかも「禁断の財宝をまもっている伝説的なアスエラの住人」(40) の仲間入りをするかのように語っている．

　　"I shall never forget thee. Never!" ... "Never! Gian' Battista [Nostromo]!" ... It was another of Nostromo's triumphs, the greatest, the most enviable, the most sinister of all. In that true cry of undying passion that seemed to ring aloud from Punta Mala to Azuera and away to the bright line of the horizon, overhung by a big white cloud shining like a mass of solid silver, the genius of the magnificent Capataz de Cargadores dominated the dark gulf containing his conquests of treasure and love. (409)

リンダの「愛」を「獲得」したノストロモは，惜しまれて死んでいく．恋人の死を悲しむ声が物語の舞台に響き渡る中，物語の幕が下りるというのは，確かにメロドラマ的である．これが，伊達男ノストロモの「成功」であることに間違いはないが，ここではそれ以外の「もう1つの成功」にも言及されている．

リンダの「愛と悲しみの真実の叫び」が響き渡るプラシド湾を，恋人たちの「宝と愛の獲得」の物語の舞台として見るならば，つまり，冒険ロマンスの舞台として見るならば，ここで言う"genius"は，アスエラ半島に埋蔵されている「宝」を探しに出かけたまま不帰の人となった冒険家たちの「霊」をまず思い出させ，同じく「宝と愛の獲得」に努めたノストロモも，伝説の「霊」の仲間入りを果たしたという解釈を誘う．同時に，「銀塊のように輝く大きな白い雲がたれこめる」という不吉な表現は，プラシド湾を政治の舞台としても喚起する．その場合，"genius"とは，失脚したリビエラ大統領の救出を始めとする数々の偉業を成し遂げ，西欧人のための歴史構築に貢献したノストロモの「非凡な才能」(405) を指すだろう．そのように，西欧人の歴史と土着民が信じる伝説の双方の立場から眺めた時，ノストロモの行動は確かに"great"で"enviable"であると同時に"sinister"でもあるという一見矛盾する形容にも納得がいく．西欧人の歴史の大舞台で活躍するノストロモの輝かしい行動は，確かに"great"で"enviable"である．しかし，ここでプラシド湾上空に重く垂れこめている巨大な雲が「銀塊」にたとえられていることには注意せねばならない．ここにはどうしても，「銀塊」を重石としてイザベル島で入水自殺したデクーの姿,「銀」という重石を背負わされたチャールズの父，そして，1人でその重荷を背負い続ける覚悟を決めたチャールズの姿が重なる．銀山がチャールズによって運営され続ける限り，銀はそこで搾取される土着民たちにこれからも負担として重くのしかかるだろう．「銀塊」のような白い巨大な雲は，銀山に関わる全ての人の「不吉な」運命を暗示しているかのようだ．

　西欧人たちの努力を，コスタグアナの外から銀という「財宝」("treasure") を目当てにやって来て「愛」を失う「冒険家」たちの"conquests of treasure and love"の物語として語ろうとする視点は，(西欧の)「我々の仲間」の視点というよりは，アスエラに取りつく亡霊の伝説を信じるコスタグアナの貧しい土着民の視点に近い．物語の内容として，ノストロモが西欧人の仲間なのか貧しい民衆の仲間なのかがはっきりしないように，語り手も，主人公をコスタグ

アナの進歩の歴史における「非凡な才能」("genius") として語ろうとするのか，貧しい民衆が世界を理解する手立てとしての伝説における「霊」("genius") として語ろうとするのかがはっきりしない．「ノストロモは歴史の真っただ中にいた．完全に歴史を作っていた」(99) と歴史家ミッチェルがいうように，ノストロモは，（西欧人の）大文字の歴史の立役者である．同時に彼は，南米にふさわしい感傷的で情熱的な愛のメロドラマの主人公でもある．果たして，『ノストロモ』はコスタグアナの歴史なのか伝説なのか．

　この問題は，語り手が「我々」の仲間なのかどうかという問題とも関連し，この物語の視点が1カ所において分裂していることと呼応しているように思われる．鳥瞰図を描くような視点で語られる『ノストロモ』において，一見全知全能であるはずの語り手が1度だけ個人的な顔をのぞかせる箇所がある．コンラッドの場合，こうした一貫性の欠如は単に語り手の（そして作者の）審美的統御力が欠けているせいにされてしまいがちで，真剣な考察の対象となることはほとんどない[12]．しかし，このように西欧でも非西欧でもある立場から語ろうとする語り手は，今まで言われてきたように自らの意図に反して不安定にならざるを得ないのではなく，むしろ意図的に「不実な」立場から語っていると考えられる．

　　Those of us whom business or curiosity took to Sulaco in these years before the first advent of the railway can remember the steadying effect of the San Tomé mine upon the life of that remote province. The outward appearances had not changed then as they have changed since, as I am told, with cable cars running along the streets of the Constitution, and carriage roads far into the country, to Rincon and other villages, where the foreign merchants and the Ricos generally have their modern villas, and a vast railway goods yard by

the harbour, which has a quay-side, a long range of warehouses, and quite serious, organized labour troubles of its own.
Nobody had ever heard of labour troubles then. (74)

鉱山の「生活を安定させる力」を信じ，搾取される鉱夫たちの労働問題を知らない「私」は，「用事やら好奇心やらでスラコを訪れたことがある人々」，つまり外からやってくる西欧人という意味での「我々の仲間」である．このことは，アスエラの土地の不毛さを理解するのに隠された財宝の伝説化という手段を用いる貧しい土着民の「悪と富を結びつける」発想を，「蒙昧極まる自慰的な本能」(39) だと語り手が軽蔑していることと通じる．しかし，語り手は，ミッチェルに代表される「文明の物質的利益の善意」(112) に価値を見いだしているわけでもない．モンテロ革命制圧後，旅行者にスラコを案内して回りながら白人たちの平和な国家建設という夢の成就を語るミッチェルにとっては，混沌から秩序に向かうコスタグアナの進歩の歴史は完結する．しかし，それに先立って語り手は，銀山の経営者と労働者の間に衝突が過去にもあったことに触れ (43)，再び来たるべき革命 (370) を暗示することで歴史の反復を印象付け，西欧人の偉業に関するミッチェルの進歩的歴史観の楽観性を浮き彫りにする．語り手は，歴史の表舞台で西欧人たちが華々しい成功に酔いしれる背後で，黒人奴隷，原住民，メスティーソ，クレオールを含む様々な非西欧人たちが抑圧されてきたことを決して見逃してはいない．銀山が生む利益に与れない不満から起こったモンテロ革命を同じ銀の力で鎮圧し，何とか道徳的暗黒の大地から新国家を独立させる過程で，西欧人たちは皮肉にも新たな革命の種を撒いていたのである．

　このように視点が分裂し，語る立場が不安定だからといって語り手は悩まない．マーロウのように語る立場をどこに置けばよいか，つまり自らの帰属という考え方に囚われている様子は『ノストロモ』の語り手にはない．語り手は視点の一貫性の欠如，いやむしろ自由さを，国家という広大な世界における人間関係を語る際の強みにしている．自分は自分の属する集団に対して不実なので

はないかという罪悪感よりも，むしろ，個人から個人へ，あるいは集団から集団へ自由に移動できる視点の「柔軟性」[13] を活かし，架空の国家の壮大な歴史とも伝説ともつかない物語を織り上げようとする．

　ノストロモは西欧人たちの歴史構築の舞台に再三駆り出されるうちに，自分を利用する西欧人たちに次第に幻滅し，デクーを島に置き去りにして死に至らしめ，銀を独り占めする．革命後，彼は西欧人からくすねた銀を貧しい民衆にばらまき，民衆のリーダーとして支配力を拡大し，民衆を次なる革命へと扇動する．西欧人の「忠実な従僕」だった彼は，革命を経て西欧人たちに対する不実な盗人となり，デクーを孤島に置き去りにして「裏切り者」となった．それでも彼は，搾取される貧しい民衆からは信頼され，Captain Fidanzaと呼ばれている．イタリア語のFidanzaが，英語のconfidenceやtrustを意味することを考える時，この呼称は皮肉である．彼の名前「ノストロモ」は，もともとは，おそらくnuestramoあるいはnostramoであり，スペイン語では，"our master"，イタリア語では"boatswain"を意味する．ワットは，ミッチェルが，Nostromoと「間違えて発音」し，それが西欧人の間で定着してしまったことによって，もともとの正確な意味よりは，"our man"を意味するイタリア語"nostro uomo"の方を喚起するようになったのではないかと説明しているが[14]，本当は「仲間」ではないのに「仲間」という「誤った」名で呼ばれているという意味では不実な主人公にはふさわしい名前ではないか．ノストロモと同じくイタリア出身で彼を息子のように思っているヴァイオラの妻テレサの，「何という名前でしょう！　どんな意味かしら？　ノストロモって？」という言葉は，ノストロモの名前についてそのように我々に考えさせ，またこの物語の構造そのものを問題化している．ノストロモは最後に「私は裏切られて死ぬんです…裏切られて…」と言って死んでいくが，彼が自らの言葉を完結できないように，彼は一体誰に裏切られ，誰を裏切ったのかが自分でもわからない（"he did not say by whom or by what he was dying betrayed." (404)）．ノストロモを仲間と呼んでいる「我々」とは一体誰のことを指すのだろうか．西欧人なのか，あ

るいは土着民なのか．ノストロモの帰属の問題は，物語を織り上げる原動力としての事件 —— 銀を巡る革命騒動 —— の堂々巡りに結び付けられているので，この問題に明確な答えを出そうとしても堂々巡りに陥るだろう．この物語において，ノストロモの帰属を固定することはできない．むしろ，タイトルは彼の帰属を問いかけている．イタリアから運試しにやってきた船乗りノストロモは，革命を乗り越えてしたたかに生きていく不実な人物として造型されている．ノストロモは女性に不実（"the inconstant Capataz de Cargadores"）(97)であるばかりでなく，次に革命が起こればまた違う相手に忠誠を誓うかもしれない．*Nostromo* というタイトルから通常読者はノストロモが主人公だと期待するだろう．ミッチェルもノストロモが「歴史の真っただ中にいる」(99) と言うが，ノストロモは第1部，第2部では物語の周辺をうろつくだけで，第3部でもついに本格的に物語の中心に躍り出ることなく人違いで殺される．まさにノストロモとは誰なのか —— このようにタイトルも物語もがその問いそのものを実演しているのを確認する時，やはり語りの視点の分裂は失敗ではあり得ないように思われる．

＊

「裏切り者」に審判を下そうとするが故に，短編として始まった『ロード・ジム』は書けば書くほど拡大していった．これが単なる逃げの姿勢ではなく，判断の根拠への疑問であることは，『ノストロモ』によってより一層明らかになった．道徳的判断に苦しんだ作者は，『ノストロモ』において，判断そのものができない形式に行き着いた．語り手は自らの「不実さ」を活かして「不実な」主人公を「不実な」まま提示している．語り手は，「不実さ」を道徳的判断に照らし，結論を導きだそうとはしない．ここに，「不実さ」を恥じたり，それを悩んだりする姿勢はない．むしろ，主人公ノストロモのように「不実な」語り手，そしてその背後の「不実な」視点を持つ作者コンラッドだからこそこの壮大な物語が可能になったのだと言える．『ノストロモ』は，コンラッドの「不実さ」が生んだ傑作なのである．「裏切り」というテーマとの格闘がさらにコンラッ

ドの技法を磨き，洗練させた．ここに我々は，「不実さ」に対するコンラッドの認識の深まりを見る．『ノストロモ』に至って，「不実であること」はコンラッドの技巧の重要な部分を占めている．そして，次の『密偵』の主人公は「不実」であることを職業にするスパイである．

注

1) 例えば Peter Christmas, "Conrad's *Nostromo*: A Tale of Europe," *Literature and History*, 6, 1 (Autumn, 1984) 59-81. Rpt. In Carabine ed., *Critical Assessments*, vol. 2, 608-30; Paul Armstrong, "Conrad's Contradictory Politics: The Ontology of Society in *Nostromo*," *Twentieth Century Literature*, 31, 1 (1985) 1-21. Rpt. In Carabine ed., *Critical Assessments*, vol. 2, 644-61 を参照．
2) Jim Reily, *Shadowtime: History and Representation in Hardy, Conrad and George Eliot* (London and New York: Routledge, 1993) 135
3) Guerard, *Conrad the Novelist*, (Cambridge, Mass: Harvard University Press, 1969) 203, 216; Erdinast-Vulcan, *Joseph Conrad and the Modern Temper* 84-5
4) Conrad, Author's Note, *Nostromo* (London: J.M.Dent, 1995) By Conrad. 411-2 引用はこの版による．以下，引用末尾の数字はこの版の頁数を示す．
5) 鈴木健三氏は，他の作品ではメロドラマ性とされることが，この南米という世界では逆に有効に働いていると指摘し，ノストロモとヴァイオラの娘たちとのメロドラマも，むしろコスタグアナという世界では「自然」であると見ている．鈴木健三，『日和見的小説論』（東京：英潮社，1995）232
6) Sherry, *Conrad's Western World* (Cambridge: Cambridge University Press, 1971) 137-90
7) Conrad, *Load Jim*, 80
8) Steven K. Land, "Four Views of the Hero," *Conrad and the Paradox of Plot* (London: Macmillan, 1984) rpt. in Harold Bloom, ed., *Joseph Conrad's Nostromo: Modern Critical Interpretations* (New York: Chelsea House Publishers, 1987) 102
9) "Silver is the pivot of the moral and material events, affecting the lives of everybody in the tale." Conrad, Letter to Ernst Bendz, 7 March. 1923. Frederick Karl and Laurence

Davies, ed. *The Collected Letters of Joseph Conrad*, 9 vols. Vol. 8 (1923-1924) 37

10) 最終的には銀山と資本主義的秩序が勝利をおさめると主張するウォレンの見解に代表される従来の批評は、作中の一登場人物ミッチェルの歴史観を代弁しているに過ぎず、その意味で西欧中心的であったと言えるかもしれない. Robert Penn Warren, "On *Nostromo*," intro. to the Modern library edn. of *Nostromo* (New York, 1951) rpt. in R.W.Stallman, ed., *The Art of Joseph Conrad: A Critical Symposium* (1960; Ohio: Ohio University Press, 1982) 221-2

11) デクーの死が、彼の懐疑主義的行為に対して作者によって下された判決だとする見方には疑問を呈しているプライスは、デクーの自殺という行為が彼の懐疑的な性格に起因する必然的な結果であるなら、デクーがより一層薄っぺらな人物に見えてしまうと指摘する. Martin Price, "The Limits of Irony," *Forms of Life: Character and Moral Imagination in the Novel* (Yale University Press, 1983) rpt. in Harold Bloom, ed., *Joseph Conrad's Nostromo*, 78

12) Lothe, *Conrad's Narrative Method*, 187

13) Lothe, *Conrad's Narrative Method*, 187

14) Ian Watt, *Conrad: Nostromo*. Landmarks of world literature ser. (Cambridge: Cambridge University Press, 1988) 6

第4章

『密偵』
―― 「裏切り」の秘匿 ――

　『密偵』では，「裏切り」は「決して日の沈むことのない大英帝国のまさしく中心」ロンドン（"the very centre of the Empire on which the sun never sets"）という舞台に置かれている[1]．この物語の全知全能の語り手は非常に突き放した語り口でグリニッジ（Greenwich）天文台爆破未遂事件の顛末を語る．この事件は，某外国大使館一等書記官ウラディミール（Vladimir）の発案で，スパイ，ヴァーロックに命じられたものである．ヴァーロックはまたスコットランド・ヤードのヒート警部に雇われてもいる二重スパイであり，彼の忠誠心は二極化している．『密偵』では，「不実」であることは主人公の職業であり，彼の「裏切り」行為は偶然的要素の介入によって未遂に終わる．二重スパイ，ヴァーロックの仕事としての二重の「裏切り」行為は成就しないのである．

　『密偵』は，1894年に実際に起こったグリニッジ天文台爆破未遂事件に基づいているが，ヴァーロックの妻，ウィニーだけがそのモデルとされるサミュエル（Samuel）夫人と全く違った人物として造型されており，弟スティーヴィーへの異常なまでの彼女の献身的態度と自殺はコンラッドの創作であるらしい[2]．コンラッド自身も，序文において，『密偵』は「ウィニー・ヴァーロックの物語」であると明言し，着想の段階で「ヴァーロック夫人の母親的情熱」がゆっくりと背景から浮かび上がり，彼女の生涯が3日ほどで完全に思い描けた，と述べている[3]．つまり，コンラッドは実際の天文台爆破事件をヴァーロック一家の家庭の悲劇につくりかえたわけだが，本章で注目すべきは，作者がヴァーロック一家の家庭の悲劇（"domestic drama"）を導入することによって事件を中心

として展開する物語世界をわざわざ二分していることである．ヴァーロックの家庭内という意味での "domestic drama" は，その外の英国社会という意味での "domestic drama" と絶えず対比されている．『密偵』の世界が〈公〉と〈私〉の2つの領域にきれいに整理され，対照されていることはこれまでも指摘されてはいるが，その事実が指摘されるにとどまり，他の問題と結びつけて論じられることはない[4]．そこで，本章では，家庭劇の導入が，語り手にとっては，「我々の仲間」(『密偵』においては英国人)の内側に侵入するための手段であることに注目し，家庭の悲劇の導入を「裏切り」の問題と関連付けて考えてみたい．通常物語は何らかの出来事が生起するのを因果関係によって説明しようとするが，『密偵』の語り手がヴァーロックの一家の内側と外側を空間的にも時間的にも行き来することによって語るのは，裏切り行為が未遂に終わるまでのプロセス，つまり，裏切り行為がどのようにして成立しなかったのかということである．人と人との間の意思疎通が欠落した大都市において，裏切り行為が未遂に終わる過程は読者だけに暴露され，登場人物たちには隠されている．登場人物はまさに舞台上の役者のようにただ自分に与えられた役を演じるだけで，自分の行為を判断することはできない．我々読者は，2つの "domestic drama" を観るうちに，内側と外側を往来する語り手の方が主人公のスパイ，ヴァーロックよりもスパイらしいことに気付く．

*

「ヴァーロック氏は，朝のうちに出かけて，店の方は名目上義弟にまかせていった」("Mr Verloc, going out in the morning, left his shop nominally in charge of his brother-in-law.") ── 物語はいかがわしい雑貨を扱う店を兼ねた自宅からヴァーロックが外出する様子で始まる．この何気ない書き出しには，後に展開する事件が既に示されており，ここで語り手の目線は家庭の内と外に二極化している．家庭内に目をやるなら，実際の店主ヴァーロックが「義弟」スティーヴィーに「名目上まかせて」外出できるほど，店は時間帯にかかわらず暇で夜になるまでは事実上客はこない．同時にヴァーロックの行き先 ──

家庭の外——の視点から語り手は，後にヴァーロックが自分の代わりに爆弾を運ぶという重要な役目を義弟に「まかせる」ことによって，事件がその義弟の偶発的な爆死という思わぬ方向に展開することをこの段階で既に念頭においているに違いない．語り手は，この後ヴァーロックのあとを追おうとせず，また，ヴァーロックの行き先を明らかにするわけでもなく，ただ，「昼間は閉まっているが夕方にはいつもひっそりと怪しげに少し開いている」("In the daytime the door remained closed; in the evening it stood discreetly but suspiciously ajar.")(45) ヴァーロックの店のドアから，家の中に入り込んで語りを進めていく．コンラッドはいつも，国家間や世代間，男女間などあらゆる境界線を読者に意識させるが，ヴァーロック店の扉は，家の内 ("this household, hidden in the shades of the sordid street seldom touched by the sun, behind the dim shop with its wares of disreputable rubbish" (38)) と外の境界線として強調されている．

> The door of the shop was the only means of entrance to the house in which Mr Verloc carried on his business of a seller of shady wares, exercised his vocation of a protector of society, and cultivated his domestic virtues. These last were pronounced. He was thoroughly domesticated. Neither his spiritual, nor his mental, nor his physical needs were of the kind to take him much abroad. He found at home the ease of his body and the peace of his conscience, together with Mrs Verloc's wifely attentions and Mrs Verloc's mother's deferential regard. (5)

半開きのドアからこっそり忍び込むかのような語り手の様子は，いつも決まって暗くなってからヴァーロック家を訪れる怪しげな革命家たち (the evening visitors) (5) のようである．こうして家の中に入り込んだこの怪しげな語り手は，ヴァーロック家の家族を一人ひとり紹介していく．さらに語り手は，第

2章を，"Such was the house, the household, and the business Mr Verloc left behind him on his way westward at the hour of half-past ten in the morning (51)". という文で始めることによって，この後ヴァーロックを待ち受けている国内と国外という意味での内・外の対立に向けて読者の意識を準備する．ヴァーロックは（おそらくロシアと思われる）某外国大使館を訪れ天文台爆破を命じられる．一等書記官ウラディミールは，英国政府の甘い監視体制に業を煮やし，亡命革命家やアナキストに対する取り締まり強化を促すきっかけ作りを密偵ヴァーロックに命じる．しかし，ヴァーロックには，このような危険な命令を計画し実行に移すだけの度胸も決断力もなく，命令を自宅に持ち帰って考え込んでいる．ヴァーロックは，世紀の転換期に流行していたスパイ小説に登場するような冷徹で危険な香りのするスパイとは程遠く，妻を持ち，家族を抱える「すっかり飼いならされた」(thoroughly domesticated)(47) 小市民なのである．そして，第2章の後半部分では，ウィニーの少女時代のロマンスの挿話が紹介されている．ウィニーは，精神薄弱の弟と，体の自由がきかなくなった母親を養うために，中年の「紳士」ヴァーロックと結婚した．彼女には肉屋に勤める若い恋人がいたが，家族のためにヴァーロックを選んだ．彼女のその選択は，彼女が守ろうとした弟を無残な爆死に追いやる結果をもたらす．皮肉にも若い肉屋 (butcher) を泣く泣くあきらめて選んだ男も人殺し (butcher) だったということが事件によって判明する．つまり，この第2章では，事件の発端がヴァーロック家の内と外の両方から解説されている．事件は，大使館でヴァーロックが受けた命令に端を発する．同時にヴァーロック家の内部から見るなら，事件はウィニーとヴァーロックの結婚に端を発している．

　第3章では，ヴァーロックは，監視と情報収集のために出入りさせているアナキストや革命家たちと自宅で会合を開いている．語り手が描き出す革命家たちは，直接行動に出る過激な活動家ではなく，一様に何の役にも立たない不活発で無能な人物である．15年に及ぶ獄中生活で「桶のように丸々と太った」ミハエリス (Michaelis) は，「胸板に厚い層をなして張りついた脂肪に押しつ

ぶされたようにぜいぜい言う声で」(73) ユートピア理想主義を唱えている．自称テロリストのカール・ユント（Karl Yundt）は，1人では自由に動き回れない禿げた老人である．ミハエリスは裕福な女性をパトロンに持ち，ユントは長年の連れ添いの介護を必要としているし，プロレタリアート向けのビラの主要執筆者である元医学生のオシポン（Ossipon）も，小金をため込んだ娘たちを騙し，彼女らに寄生して生計を立てている．このような人物描写を見る限り，すでに第2章で読者に明かされている，英国政府の危機管理意識を覚醒するというウラディミールの発案は全くの杞憂であると言わざるを得ない．ヴァーロックの家の内から見ても外側から見ても，そもそもの始まりから事件にまともな意味はない．

こうして事件の発端を語った後，語り手は次にいきなりその衝撃的な結果を我々に突き付ける．ある結果を先に提示して，後からそこに至る過程を追うことによって，人間の意図や努力のむなしさを露呈させるやり方はコンラッドの物語においてはよく使われる手法である．第4章で我々は，オシポンとプロフェッサー（Professor）の会話から，この時点ではまだ正体の明かされていないある男が，天文台まで爆弾を運ぶ途中で木の根に躓いて転び自爆したということを知らされる．「バラバラにちぎれてあたり一面に吹き飛ばされていた」ある男の死体（95）という強烈なイメージを時折ちらつかせながら，語り手は第4章から第7章にかけて事件捜査の様子を追う．『密偵』における社会の「保護者」あるいは「番人」としての役割を担う警官や役人たちは義務に忠実ではない．グリニッジ天文台爆破というテロ事件があぶりだすのは，むしろ，彼らの職務怠慢である．

事件の1週間前に，スコットランド・ヤードのヒート（Heat）主任警部は，いかなるアナキスト的活動の心配もないことを政府高官に「限りない自己満足の体で」(104) 請け負ったばかりだった．警察の監視体制の甘さを突くこのテロ行為によって，「アナキストの扱いにかけてはエキスパート」(105) だったはずのヒート警部の面目は丸つぶれである．しかし，「エキスパート」として

のヒート警部の評判は，アナキストの動向を探らせるために彼が泳がせているスパイ，ヴァーロックからの密告に負っている．ヒートは，自分の雇うスパイに捜査の過程で嫌疑がかかるのを避けるため，仮出獄中のアナキスト，ミハエリスを容疑者に仕立てあげようと目論む．一方，ヒートの上司である警視監はミハエリスが逮捕されるようなことにでもなると困る．警視監が植民地から帰還した後に現在の地位にあるのも，ミハエリスのパトロンであり，また自分の妻と懇意にしているさる有力者夫人の後押しのおかげである．ミハエリスが逮捕されれば，彼のパトロンは警視監を許さないだろう．そこで警視監は，有力者の夫人とのつながりを維持するために，あろうことか犯罪者ミハエリスを自分の部下であるヒート警部から守らねばならない．要するに彼ら社会の番人は，ひと1人を木端微塵に吹き飛ばした事件を本来の意味で捜査し解決しようとしているのではない．自らの身を守ることしか考えていない彼らは，あと一歩で事件の核心に迫ろうという時に捜査から手を引き，義務を放棄する．ヒート警部は，スパイとの秘密の共存関係が露見することを恐れ，捜査の大詰めでヴァーロックに姿を消すよう勧め，「有能な，信頼されている警部」(128) としての自らの評判を守ろうとする．一方，警視監は，真犯人と黒幕を突きとめながらも，ミハエリスが事件とは無関係であることを確認できた時点でそれ以上追究しようとせず，あっさりと捜査から手を引く．これらの政府の役人を統括する立場にある政界の大立者，内務大臣は，国会議事堂（the House）の執務室に閉じこもって，馬鹿げた「革命的」法案 (149) を議会で通過させることに没頭し，the House の外でうごめく革命家たちについての警視監による「詳細」な報告を聞こうとしない("Don't go into details. I have no time for that."(142); "Only no details, pray. Spare me the details." (143))．

このように，第4章から第7章までは，事件当日の捜査状況を追っていたが，第8章で場面は空間的にヴァーロック家の中に戻り，時間的にも事件の1カ月前に遡る．第8章と第9章では，爆破計画実行に怖気づいていたヴァーロックは自分に代わってテロを実行する人物を探しに「大陸」(174) へ出かけており，

一時的に物語の舞台からは姿を消している．一家の主(あるじ)が不在の間，我々はスティーヴィーに対するウィニーとその母親の献身ぶりを見せられる．ウィニーの母親は，息子のスティーヴィーを養う婿のヴァーロックの負担を少しでも減らそうと考えて家を出ることを決意し，娘ウィニーを説き伏せて救貧院に入ることになる．第8章はこの「英雄的な老女」(154)の家庭からの旅立ちで始まる．スティーヴィーのために家を出て施設に入ろうとする母親の気持ちに気付きもしないウィニーは，「あの子がどんなにひどく寂しがるか，少しはそのことを考えて欲しかったわ」(162)と言って逆に母を責めている．

　結婚後，ウィニーは夫と弟を実の「親子のように」(179)結び付けようと努力していた．「献身的な姉」であり，「忠実な妻」(234)であるウィニーは，夫が弟を邪魔に思わないように気を配り，弟が「役に立つ家族の一員」だという印象を夫に与えようとしてきた．彼女は無関心な夫の注意を弟の存在に引きつけようとし，弟にはヴァーロックに従順であるよう常日頃から教え込んでいた．母親が出ていったことで，弟に対するウィニーの責任感はさらに強まる．彼女は，スティーヴィーがヴァーロックのためなら何でもやってのけるのだといって，家庭内での弟の存在意義を夫に以前にもまして意識させようとする．そして，とうとう思い切ってスティーヴィーを散歩に同伴させるよう夫に頼む．普段は物静かな妻の突然の提案に驚きながらも，ヴァーロックは妻の意図を知ろうともせず，スティーヴィーを外出に同伴させる．ところが，ウィニーの献身的な行為も，母親の「英雄的な」行為も，爆破の代行者を見つけることができないまま帰国したヴァーロックにスティーヴィーこそ格好の代理人であると思わせる結果をもたらす．やがてヴァーロックは，スティーヴィーと散歩を繰り返すうちに，彼に天文台まで爆弾を運ばせる訓練をし，着々と爆破実行の準備をする．そうとも知らず，ウィニーは，スティーヴィーは「役に立つ家族の一員」(86)だと夫に繰り返し吹き込み続けた．彼女は，「まるで親子のように」一緒に出かけていく夫と弟の後ろ姿を見送りながら，泣く泣く若い恋人をあきらめてヴァーロックを選んだ過去の決断を「誇らしげに」(179)振り返る．実際は

連日スティーヴィーを連れ出して爆弾を運ぶ訓練をさせている夫が, 徐々にスティーヴィーに愛着をおぼえてきたのだとウィニーは思い込んでいた.

*

　一見, ヴァーロック家の人々は, (ヴァーロック本人を除いて) 自己犠牲的であるのに対して, ヴァーロック家の外の人々は, 利己的であるように見える. 物語が通常の時間の順序で語られていて, スティーヴィーの死という意外な結末を最後で知らされるのであれば, スティーヴィーを守ろうとしたヴァーロック家の女性たちに同情し, 事件を捜査しスティーヴィーの死の原因を突き止めようとせず, 自己保身に専念する役人たちに憤慨したかもしれない. しかし, ヴァーロック家の女性を形容する語り手の言葉と, 語り方, つまり語り手が出来事を提示する順序は, むしろ家庭の内側の領域と外の領域を重ねて見るように我々に要請し, 我々読者がヴァーロック家の人々に安易に感情移入することを不可能にしている. 語りは徐々に, 2つの"domestic drama"の対照よりも, むしろ共通点の暴露に収束していく. "domestic"や"house"という言葉は, もちろんヴァーロック一家を指すと同時に, 「すぐれて万人の心に堂宇たる議事堂」("the House which is *the* House, *par excellence* in the minds of many millions of men") (199) のどちらをも喚起する. 語り手は利己的な役人たちを皮肉って, 「熱心で勤勉な社会の保護者」(117) と呼んでいる. 語り手は役人に言及する時, 例えば, "the Assistant Commissioner in charge of the Special Crimes branch" や "Chief Inspector Heat of the Special Crimes Department" というようにわざわざその役職と担当を言い添えている. ヴァーロック家の中の世界に言及する際も同じだ. 「ヴァーロック氏の細君」が義弟スティーヴィーの世話をみているということは物語の冒頭ではっきりと断言されていた ("his wife was in charge of his brother-in-law.") (45). 弟を溺愛する「ヴァーロック夫人」が, 「スティーヴィーの姉, 番人であり保護者」("Mrs Verloc, his only sister, guardian, and protector") であるということは何度も繰り返されている. しかし, 語り手は, 社会の番人としての警察の警戒態勢 ("the vigilance of the police")(55) も，スティーヴィーの「唯一の姉であり，番人，保護者」であるヴァーロック夫人ウィニーの「母親のような気づかい」("the maternal vigilance")(50) も，スティーヴィーを守るという点においては全く効果がなかったということを暴露する．行政の頂点にいる内務大臣は，国会議事堂（the House）の外でうごめく革命家たちの動向には関心を持たず，馬鹿げた「革命的」法案（149）を議会で通過させるため"the House"の執務室に閉じこもっている．ヴァーロック家の「英雄的老女」も，家の中の革命家が「善良」であることを信じて疑わず（171-2），スティーヴィーのために自らを救貧院に幽閉する．内務大臣の改革法案("his country's domestic policy")(205) も，ウィニーの母の"move of deep policy"（161）も，"domestic peace"を維持することができず，何の罪もないスティーヴィーの爆死という結果を招いている．役人たちは，自分が実際にしていることに無自覚なまま社会の番人を自称している．ヴァーロック家の女性たちも，自分たちがスティーヴィーを保護していると思いこみ，知らないうちにスティーヴィーの爆死に加担してしまっている．夫の戸外での活動に無関心な妻ウィニー（"His walks were an integral part of his outdoor activities, which his wife had never looked deeply into."）(180)が，同じく娘婿の「正体」に関して無頓着な母親と図らずも結果的に共謀してしまったことは，テロ行為を実行に移せずにいた小心者のスパイの前に，スティーヴィーという代行者を差し出すということだった．

　いずれの"domestic drama"においてもお互いに意思疎通のない人物たちは秘密裡に事を運ぶ．ただひたすら弟のためにと，恋人をあきらめ，ヴァーロックと結婚したウィニーの動機は，家族の誰にも知られていない．ウィニーの母親は，「すばらしい紳士」ヴァーロックと，娘の「賢明な」結婚を喜んでいる(156)．夫ヴァーロックは，妻が弟をそこまで大切に思っているとは知らず，自分の魅力が妻をひきつけているのだと思い込んでいる．ヴァーロックにとって，「底知れぬ沈黙をたたえた」（47）妻は，謎めいた存在である．しかし，彼は「愛と臆病さと怠惰」から「その謎」に触れることを控えている（174）．母親が息

子スティーヴィーのために施設に入った動機もまた隠されている．

> Her object attained in astute secrecy, the heroic old woman had made a clean breast of it to Mrs Verloc. Her soul was triumphant and her heart tremulous. Inwardly she quaked, because she dreaded and admired the calm, self-contained character of her daughter Winnie, whose displeasure was made redoubtable by a diversity of dreadful silences. But she did not allow her inward apprehensions to rob her of the advantage of venerable placidity conferred upon her outward person by her triple chin, the floating ampleness of her ancient form, and the impotent condition of her legs.

婿であるヴァーロックは，義理の母親が出て行ったことでアナキストたちを自宅に呼びやすくなったことを喜び，実の娘は母親の行為を，何の相談もないまま実行に移された，思いやりのない勝手な行動だと思っている．

　家庭内で構成員同士の意図が隠されていたように，政府の組織も秘密主義で成り立っている．部下は上司に肝心な情報を隠すことによって保身を図ろうとする．ヒート警部は，自分の雇うスパイ，ヴァーロックに捜査の手がのびないように，ミハエリスを容疑者に仕立て上げるが，そのような意図を直属の上司である警視監には伏せている．警視監も，ミハエリスを捜査の手から守ろうとする意図を内務大臣には隠している．ヒート警部がいみじくも言うように，「知っていることを懸命にも包み隠すほうが忠誠心に関する限り，職務のためになる」．知りすぎることは任務の遂行のためにかえってよくないのだ ("If he believed firmly that to know too much was not good for the department, the judicious holding back of knowledge was as far as his loyalty dared to go for the good of the service." (136))．

　秘密主義の体質，意思疎通の欠如は，以下の一節が示すように政府の組織全体に浸透している特徴である．

No department appears perfectly wise to the intimacy of its workers. A department does not know so much as some of its servants. Being a dispassionate organism, it can never be perfectly informed. It would not be good for its efficiency to know too much. (109)

これはまた,「物事は詮索に耐えられない」("things do not stand much looking into")(173) というウィニーの「哲学」(156) と通じるものであり, 彼女の「体質」を言い当てるものでもある.

Mrs Verloc wasted no portion of this transient life in seeking for fundamental information. This is a sort of economy having all the appearances and some of the advantages of prudence. Obviously it may be good for one not to know too much. And such a view accords very well with constitutional indolence. (167)

物静かで無表情で, 弟以外のことに関心がなく,「根本的な情報」を積極的に求めようとしないウィニーは, まさに「感情を持たぬ生き物」(dispassionate organism) のようであるが, 同時にそれは, 1人の人間が爆死したにもかかわらず「根本的な情報」を求めようとしない「感情を持たない組織」である政府の「怠惰」をも想起させる. 物事を深く知ろうとしないウィニーの「怠惰」は, 彼女個人の問題ではなく, アナキストたちを野放しにし (彼らはのうのうと公園で散歩している), 爆破事件の捜査も中途半端に済ませる政府の役人たちが露呈している「国体」(constitution) に浸透する「怠惰」とも読める.

　警視監は, 事件の真相を突き止めて国会議事堂 ("the House") に報告に来るよう内務大臣から命令されていたが, ミハエリスの事件との関与を揉み消そうと動きまわっている最中に発見した事実を, 国会議事堂 ("the House") ではなく, ヴァーロックの家庭 ("the house") に持ち込み, ウィニーを絶望の淵に突き落とす. 警視監からヴァーロックの正体と, スティーヴィーの爆死を知

らされたウィニーは,夫を殺害し,海に身を投げて死ぬ.こうして,スティーヴィーが木の根っこに偶然躓いて転んだことによって,事件は,英国の危機管理意識を覚醒するというウラディミールの意図と,弟を守るというウィニーの意図をも挫き,社会には何の反響も起こさず,遂にはヴァーロック一家を全滅させる.一家の全滅によって,2つの領域の境界線は消滅し,2つの領域は重なる.

ヴァーロック一家が全滅し,家庭の劇がその外の英国を舞台にした劇に浸透していくさまは,物語の最後でヴァーロック家の悲劇を伝える新聞の報道の文句,"an impenetrable mystery seems destined to hang for ever over this act of madness or despair." が物語の地の文に混ざり合っていることにも表されている.語り手は我々読者にはその「謎」を明かしてきた.知らないのは大ブリテン島の中にいる人々だけである.ヴァーロック家の悲劇を最後まで見届けた唯一の人物オシポンが物語の最後で,どうしても「英国の島国的性質」("The insular nature of Great Britain obtruded itself upon his notice in an odious form.")(249) を感ぜずにはいられなかったように,我々読者にとっても,語りが展開するにつれてヴァーロック家の悲劇が単に一家庭の悲劇にとどまらず,じわじわと英国中に浸透しているのを見せられる.それは,徐々に英国全体の悲劇(domestic drama)であるように思われてくるのである.

語り手は,天文台爆破未遂事件に至るまでにヴァーロック家の内と外で一体どのような「力」(agency) が働いているのかを突き放した筆致で追い,どんな力が働いてスパイの「裏切り」が未遂に終わるのかを詳細に追っていく.この物語の警察の捜査(investigation)による事件解決という探偵小説風のプロットは,ジムが取った「跳躍」(jump) という行動とそれに伴う結果,道徳的責任をどう取るかという因果関係の問題追及の変奏である.ただし,『密偵』では,「裏切り」に至る「作用因」(agency) は,物語の内側にいる人間たち,つまり登場人物には最終的に明かされず,秘密にされている.事件の真相は,英国人だけが知らないのである.物語内世界の英国民は誰も,まさに「劇」中の役者

のように，事件の全容を知らないし，自分のしていることを正確に把握していない．秘密を知るのは語り手と，まさに観客のように"domestic drama"を眺める読者だけである．

　物語の最後において，ヴァーロック家の内側に入り込んだ視点は消滅し，語り手は国の外から「大ブリテン島」を突き放して眺めている．ハウ（Irving Howe）が指摘している通り，このように突き放した語り方には，自らが語る物語世界に巻き込まれている存在の目や仲間意識のようなものは感じられず，この物語には「我々」という感覚が極めて希薄である[5]．コンラッドが生まれながらの英国人ではないことを考える時，英国を舞台とするこの物語の突き放した視点はむしろ「自然」なのかもしれない．しかし，かといって，外側のどこか安全な立場からの社会批判は，作者の意図するところではなかっただろう．『密偵』執筆中の書簡において，コンラッドはアナキズムという「特殊なテーマ」[6]を政治的・社会的問題として論じるつもりはないと何度か述べている[7]．この物語は全くの「よそ者」というよりはむしろ，「内部事情」に通じた「よそ者」――まさにスパイ――によって語られているという印象を我々に与える．

　このような語り手のスパイ的な姿勢を考える時，全知全能であるはずの語り手が一度だけ個人的な顔を除かせるとしても，必ずしも語りの一貫性の欠如と結びつける必要はないように思われる．大使館へ向かうヴァーロックの外見を語り手は次のように描写するが，ヴァーロックを皮肉る語り手の口調には，彼が終始揶揄しているところの「物事を深く覗き込もうとしない」英国人気質そのものがうかがえる．

Undemonstrative and burly in a fat-pig style, Mr Verloc, without either rubbing his hands with satisfaction or winking sceptically at his thoughts, proceeded on his way. He trod the pavement heavily with his shiny boots, and his general get-up was that of a well-to-do mechanic in business for himself. He might have been anything from a picture-frame maker to a lock-smith; an employer of labour in a small way. But there was also about him an indescribable air which no mechanic could have acquired in the practice of his handicraft however dishonestly exercised: the air common to men who live on the vices, the follies, or the baser fears of mankind; the air of moral nihilism common to keepers of gambling hells and disorderly houses; to private detectives and inquiry agents; to drink sellers and, I should say, to the sellers of invigorating electric belts and to the inventors of patent medicines. But of that last I am not sure, not having carried my investigations so far into the depths. For all I know, the expression of these last may be perfectly diabolic. I shouldn't be surprised. What I want to affirm is that Mr Verloc's expression was by no means diabolic. (52)

語り手は，大使館に向かう主人公の「雰囲気」を一見全能の話者らしく詳しく描写しようとしている．ヴァーロックはディケンズ（Charles Dickens）の小説にでてきそうな労働者のようであるが，同時に，「言葉で言い表せない雰囲気」が漂っているらしい．語り手は，ヴァーロックの正体を特定しようと多くの言葉を重ねていくが，その探究を徹底させずに，急に個人的な顔をのぞかせる．"I am not sure" や "For all I know" といった表現は確かに個人的な語り手の知識が制限されたものであることを示している[8]．しかし，ここで重要な点は，語り手が語りの対象に関して「徹底的に追求したわけではないから」よくわからない，と言っていることである．このように無関心な態度を露呈しながら，一方で語り手は，何の合理的説明もないまま，ヴァーロックの表情が「決して悪魔的ではない」と断言してもいる．全知全能であるはずの語り手がここで垣間見せるこうした個性は，物事を深く考えることなく現状維持だけに努めている英国人の無関心な姿勢

を我々に思い出させないだろうか．だとすれば，語り手は実は英国人の「我々の仲間」の1人なのだろうか．しかし，語り手があたかも先のことを既に知っている様子やフラッシュバックの手法は，語り手が自分の物語世界を知り尽くし，完全に統御していることの証である．そうした語りの操作によって，登場人物たちが自分でも知らないうちに天文台爆破に至る手順を一つひとつ積み重ねていき，最終的にはあたかも全員で共謀したかのようにスティーヴィーを死に追いやる様子を語り手は我々に見せていた[9]．スティーヴィー殺しの罪を免れるものはこの「大ブリテン島」の中で1人もいないと語り手は言いたげである．このような「罪」を読者にしかわからないように意地悪く暴きだす視点は確実によそ者の視点であろう．つまり語り手は，「我々の仲間」の中に侵入し，「我々の仲間の1人」を装いながら，「よそ者」の目をもって内情を暴露している．その意味では，スパイとして一向に冴えないヴァーロックよりも，語り手こそ「密偵」らしいと言えるのではないか．

*

　語り手は，英国の内側に潜入し，そこからものを見るための拠点を必要とした．それはまさにスパイが身を隠す場所を探す行為に似ている．ヴァーロックが家庭をスパイ活動の拠点としたように，語り手は，ヴァーロック一家の家庭の中に入り込んだ．コンラッドが実際の事件の挿話を「ウィニー・ヴァーロックの物語」に改変し，ヴァーロック家という空間を必要としたのは語り手に内側をのぞかせるためではないか．しかし，最終的に，2つの "domestic drama" の境界線は消滅し，それら2つのドラマは重なる．One of us を装って語られる世界とよそ者の目で見られた世界が1つに重なるということは，最終的に語り手は内と外のどちらの位置にいるのだろうか．あるいはそこはもはや仲間かよそ者の区別自体が意味を持たない場所なのだろうか．仲間の内と外を区別しないなら「裏切り」を特定することはできない．仲間もよそ者も区別しない世界では「裏切り」は成立しない．これまでのコンラッド作品は，忠誠か否かについてこだわっていた．そのこだわりは語りを織り上げる重要な要素であった．

しかし,『密偵』という物語は,「裏切り」を道徳的に判断するのではない.スパイにとって「裏切り」は任務である.しかし,彼はスパイとしては無能であるし,最終的に彼に課せられた任務をやり遂げられなかった.裏切り行為とその結果の間の因果関係（agency）は「秘密」にされている.「裏切り者」を発見するのも,そのイメージを膨らませていくのも,マーロウの道徳的な思考である.マーロウの道徳的な思考パターンそのものが,心の闇の奥に「裏切り者」という他者を発見し,『ロード・ジム』において展開されていたように他者を巡る妄想を膨らませていく.ならば,「裏切り」が成立しないように一連の出来事を構成している『密偵』は,道徳的な考え方そのものを積極的に排除しようとしていると言える.このような語り方を支えるのは,罪という概念が,「裏切り者」という他者が,道徳的な考え方そのもの（罪と罰という因果律）によって発見され,「捏造」されることを痛感した作者のヴィジョンに違いない.

注

1) Conrad, *The Secret Agent: A Simple Tale* (Harmondsworth: Penguin 1990) 198 引用はこの版による．以下，引用末尾の数字はこの版の頁数を示す．
2) Sherry, *Conrad's Western World* 228-324; Ian Watt, "The Political and Social Background of *The Secret Agent*," Ian Watt, ed., *The Secret Agent: A Casebook* (London: Macmillan, 1973) 229-51
3) Conrad, Author's Note, *The Secret Agent*, By Conrad. 41
4) Avrom Fleishman, *Conrad's Politics: Community and Anarchy in the Fiction of Joseph Conrad* (Baltimore: The John's Hopkins Press, 1967) 189; A. E. Davidson, "Levels of Plotting in *The Secret Agent*." *Conrad's Endings: A Study of the Five Major Novels* (Ann Arbor: UMI, 1984) 59
5) Irving Howe, *Politics and the Novel* (1957; New York: Columbia University Press, 1987) 95-6
6) Conrad, Letter to Algernon Methuen, 7 November, 1906. Frederick Karl and Laurence Davies, ed. *The Collected Letters of Joseph Conrad*, Vol. 3 (1903-1907) 370-71

7) Conrad, Letter to John Galsworthy, 12 September, 1906. Frederick Karl and Laurence Davies, ed. *The Collected Letters of Joseph Conrad*, Vol. 3 (1903-1907) 354-55
8) ローズは，『密偵』の語り手がこのように個人的な顔をのぞかせることを，語り手に距離を置こうとする作者コンラッドの試みととらえ，語り手のアイロニーは作者自らにも向けられていると述べている．Lothe, *Conrad's Narrative Method*, 234-5
9) ワットは，『密偵』の社会を，"one vast conspiracy of blindness" と呼んでいる．Watt, ed., *Casebook*, 248

第5章

『西欧の目の下に』
―― 「東欧的」不条理としての「裏切り」――

　コンラッドは，『西欧の目の下に』で自らの実人生と密接に関係するロシアと向き合い，脱稿後深刻な神経衰弱に陥る．帝政ロシア下の流刑地で，ポーランド独立運動に情熱を注いだ愛国の士である父と流刑生活に同伴した母の双方を失ったコンラッドにとって，ロシアは簡単には踏み込めない記憶の領域である．そのことは，彼が『西欧の目の下に』に至るまでロシアに対して慎重に距離をとり続けたことにも示されている．『西欧の目の下に』までにコンラッドの想像力は何度も海の経験よりさらに深部にある「ロシアの体験」に遡行し，それに着手しようとしては断念するということを繰り返していた．コンラッドは，『ノストロモ』という大作を仕上げた後，スランプからの脱出と，膝の手術を終えた妻ジェシーの療養を兼ねてイタリアの保養地カプリ（Capri）を訪れた．そこで彼は，後に『運命』となる短編に再び取り掛かったが，その執筆はなかなか進まなかった．『運命』は，コンラッドの原体験とも言える「流刑」の問題を物語の核としているが[1]，この原体験と向き合う前にまず片づけなければならないとでも言うように，彼は『運命』を中断してロシアを批判する政治的エッセイ「専制政治と戦争」（"Autocracy and War"）(1905) を仕上げた．さらに，1905年の終わりごろから，後に『短編六つ』（*A Set of Six*）(1906) としてまとめられる政治小品群，「アナキスト」「密告者」等を次々と手掛けていった．『密偵』も，これらの短編に続く第三の政治的な作品「ヴァーロック」としてはじめは構想されていた[2]．『密偵』では，意図された「裏切り」行為は未遂に終わっていた．語り手は，「裏切り」行為が偶然という「秘密の要因」(the

第 5 章　『西欧の目の下に』──「東欧的」不条理としての「裏切り」──　　89

secret agent) によって成立しないことを読者にだけ暴露していた．『密偵』で「裏切り」を道徳的な思考（因果律）から解放することは，『西欧の目の下に』で「ロシア的経験」と向き合うためにどうしても必要な手続きだったに違いない．こうして，『西欧の目の下に』において長い間コンラッドに「とりついて離れなかった」ロシアと向き合う準備はやっと整った[3]．青年ラズーモフの「ロシア体験」とは，「倫理的腐敗」の国ロシアにおいて突然強引に事件に巻き込まれ，「裏切り」から告白，そしてあまりに残酷な制裁を受けるという不条理な体験である[4]．ラズーモフは最後まで「合理的信念によって自分の行為を導くこと」(57) を望むが，彼のように罪と罰の因果律に囚われた思考で「ロシア的経験」と向き合うことは，コンラッドには破滅に向かって突き進むようなものに見えたに違いない．ラズーモフのロシア体験がまずはロシア語で日記に綴られ，それがロシアを理解できない英国人の老語学教師によって英語に翻訳され「西欧の読者」に語られるという構造によって作者が題材から相当な距離をとろうとしたことは，逆に彼の題材との近しさを物語っている[5]．

　コンラッドの語り手はいつも，文化の違いを乗り越えて表象の限界に挑戦する．非西欧世界の闇を言葉にしようとする彼らの語りの試みは不可能への挑戦であり，いつも失敗と隣り合わせである．ロシア語で書かれたラズーモフの日記を英語に翻訳して「西欧の読者」に語ろうとする英国人老語学教師も，「国籍の違い」を「恐ろしい障害」だと感じている．言葉は「真実の大敵」(5) だと言う語り手は，語り手としての自らの「限界」(73) を強く意識しており，何度も「ロシアの物語」を中断して「脱線」し，自らの「限界」──ロシアについての無知，無理解，想像力や創作力の欠如──に言及する．その意味で，『西欧の目の下に』の語り手である英国人語学教師も確かに表象の限界に挑むコンラッドの語り手の系譜に連なる．しかし，闇の奥を見つめ，不可視のものを可視化（表象）しようとするその果敢な挑戦故に往々にして曖昧になるマーロウの語りが結果的にモダニスト的語りとして称賛されてきたのとは対照的に，この「西欧の目」はその「限界」故に物語の欠点と見なされてきた．語り手が介

入して自らの「限界」を嘆く部分を単に「不要な障害」と見なすゲラールは,「コンラッドの最良のリアリズム小説ではあるが"art-novel"ではない」『西欧の目の下に』をコンラッドの正典からはずしている[6]. 作者と語り手を同一視するヒューイット (Hewitt) は, クルツという怪物を創造できたコンラッドが語りの「限界」を嘆くこと自体が理解できないらしく, この作品ではロシアに対する作者の憎悪が想像力によって再創造されていないと指摘している[7].

一方, 近年の批評はこの物語をメタフィクションとして解釈したり, 読者反応論を応用したりすることによって[8], 伝統的なコンラッド批評家たちにとって「満足のいかない（語りの）装置」である語り手を再評価しようとした[9]. しかし,「言葉は真実の大敵」だと言っている語り手の「言葉」がその指示対象としてのロシアに言及せずに蜿蜒と自己言及してしまうのも,「ラズーモフ個人の境遇の持つ普遍的意味」の「発見」を読者諸氏に委ねる (207) と言って, 現に（語り手としての）「責任を放棄している」[10] 語り手の物語を解読するのに読者の責任が大きいのも当然である[11]. フィクションのフィクション性や, 言語や表象の限界に対する意識, 読者の負担の重さは, おそらくコンラッドのどの作品についても指摘できる特徴（あるいは物語全般に言えるかもしれないこと）であって, それを指摘したところで特にコンラッドがこの時期に書かねばならなかった『西欧の目の下に』という作品の特異性を説明していることにならない.

そこで, この作品までのコンラッドの道徳的な問題との取り組みの延長線上で考えてみるならば,『密偵』は,「裏切り」という行為がその結末に至る過程を「秘密」にした上で道徳的因果関係から解放していたが,『西欧の目の下に』では「裏切り」を立証することは不可能である. ラズーモフのハルディンに対する「裏切り」とその結末は西欧人には全く理解できない「東方の論理」("Eastern logic") (267) に貫かれている. 英国人老語学教師である語り手の「西欧の目」で見て, ラズーモフの裏切り行為から告白, そして制裁に至る一連の出来事には「道徳」——つまり意味——が見いだせない.「倫理的発見」("the moral discovery")を「すべての物語の目的」(49)だと考える語り手は，ラズーモフのロシア語で書かれた日記の中に「道徳」を見いだすことができない．しかし，「ペテルブルグに住んでいた両親のもとに生まれ」(133)，子供の頃にロシア語を習得し，ジュネーヴ(Geneva)のロシア人居住区に20年以上暮らしていたというこの語り手が，本人が繰り返し言うように本当にロシアを理解できないのかは疑わしい．彼が物語の筋から脱線してまでロシア人の特徴を説明する際に露呈する饒舌さはむしろ彼がロシア通であることをうかがわせるのであるが，ラズーモフの日記に直接触れることのできない読者に彼の原典への「裏切り」を確かめる術はないのである．

＊

　例えば『ナーシサス号の黒人』の語りの視点が「我々」と全知全能の立場の間で揺れているように，コンラッドの語り手はよく一貫性が欠けていると批判されるが，『西欧の目の下に』の場合も語り手の役割にあからさまに一貫性が欠如している．彼は，第1部では忠実な翻訳者を自称しながら，第2部からいわゆる "involved narrator" となり，最後には単なる「傍観者」となる．キャラバイン(K.Carabine)は，この一貫性の欠如を，無計画な執筆の過程で作者が題材の悲劇性に徐々に開眼していった結果と見ている[12]．おそらく『西欧の目の下に』はコンラッド作品中で最も改訂研究が盛んに行われている作品であるが，従来の批評もこの一貫性のない語り手が生む難解さの原因は創作の各段階で加えられた改訂にあるとしてきた[13]．しかし，役割に一貫性がなく一見まとまりがないように見える語り手は以下に見ていくように，ラズーモフの日記を改竄し，物語内世界に "involve" され，「傍観者」となることによってある一貫した物語を語っている．

　語り手はまず以下のように，「ロシアの物語」の主人公の性格を生き生きと再現する想像力も表現力も自分にはないという宣言で物語を始める．

To begin with, I wish to disclaim the possession of those high gifts of imagination and expression which would have enabled my pen to create for the reader the personality of the man who called himself, after the Russian custom, Cyril son of Isidor—Kirylo Sidorovitch—Razumov. (5)

通常の物語の語り手として自分は失格であることを冒頭で宣言した後，続いて彼は自分は昔ジュネーヴのロシア人居住区 "La Petite Russie" にいた経験があるが「ロシア的性格」(the Russian character) (5) を全く理解できないと告白している．ラズーモフの日記を直接目にすることができない読者にとって「ロシアの物語」の導き手であり，ロシアについての唯一の情報源である語り手にこのように突き放されることによって，初めからロシアは語り手本人さえ理解できない謎として提示される．語り手はたびたび脱線してはこの種の言明をするので，彼はロシアについてはっきりと知り得る立場を読者に与えてくれないと非難されてきた[14]．しかし，翻訳者の場合，このような一見無責任な言明は，語りの権威はあくまで原典の書き手にあるということの宣言であり，むしろ自分は原典に忠実であると言っていると受け取れる．

物語の主人公が天涯孤独であるというのは珍しい設定ではない．しかし，この物語においてラズーモフの孤独は，以下のように特に「ロシア的」であると意味付けされており，それが彼の悲劇の始まりである．

There were no Razumovs belonging to him anywhere. His closest parentage was defined in the statement that he was a Russian. Whatever good he expected from life would be given to or withheld from his hopes by that connection alone. This immense parentage suffered from the throes of internal dissensions, and he shrank mentally from the fray as a good-natured man may shrink from taking definite sides in a violent family quarrel. (10)

　孤独なラズーモフの唯一の縁者は，ロシアという「巨大な親」である．その親は，「家庭内の激しいあらそいごと」で苦しんでいる．専制政府のはげしい弾圧に対して，革命家たちが政府要人の暗殺を企てる緊迫した雰囲気の中で，ラズーモフは懸賞論文に応募し，「有名な大学教授」(12)という社会的地位を得ようとして勉学に励み，時代の不穏な空気を感じ取りながらも「家庭争議でいずれの側にも確たる態度をとれない善人のように」学生運動家たちの議論に加わろうとしなかった．ところが，革命運動に対して距離を置こうとするラズーモフの態度は，かえって革命を引き寄せる結果となる．「ある意見が死を，またときには，死以上に恐ろしい運命を招来する法的な罪となりかねない国」ロシア(7)では，逆に，ラズーモフの寡黙さは「安心してご法度の意見でもうちあけるに値する人物」という評判を学生運動家たちの間に醸成してしまう．ラズーモフが懸賞論文に応募することを決意したその日に起こった「現代ロシアの実情を如実に表明している」政府高官暗殺事件(7)の実行犯ハルディンも，ラズーモフに一方的な「信頼」(15)を寄せる1人だった．ロシアの「内部衝突」の一方の極，革命の狂信性の体現者ハルディンは，ラズーモフに「誰もつながりが――縁者がいない．だから，何かでこれが発覚しても，そのために苦しむ人は誰もいない」(16)という勝手な理由でラズーモフの下宿を暗殺実行後の避難所に選ぶ．ハルディンの出現によって，ラズーモフは，距離を置いていたロシアの政治の世界によりによって政治犯という最悪の形で関与を迫られる．
　これまで批評家たちは，この後続くラズーモフの「裏切り」を「人間の絆に対する罪」と見なし[15]，そこにラズーモフの良心のドラマを読み取ろうとしてきたが[16]，ラズーモフに裏切り行為を巡る良心の呵責がどれほどあったのかははっきりしない．以下の一節でラズーモフ自身が問うているように，そもそもラズーモフとハルディンの間には絆らしい絆はない．

Betray. A great word. What is betrayal? They talk of a man betraying his country, his friends, his sweetheart. There must be a moral bond first. All a man can betray is his conscience. And how is my conscience engaged here; by what bond of common faith, of common conviction, am I obliged to let that fanatical idiot[Haldin] drag me down with him? (28)

ほとんど大学には姿を見せず当局から目をつけられていた活動家ハルディンと違ってラズーモフは将来を嘱望されていた優等生であり，2人の間に親交はなかった．ハルディン自身も自分たちに共通点がないことを認めている（"we are not perhaps in exactly the same camp. (13)"）．海の男たちを結ぶ連帯のような固い絆は彼らの間にはない．従って，ラズーモフには，なぜハルディンが自分を頼って下宿に逃げ込んできたのかがまず理解できない．しかし，勝手なハルディンに憤りながらもラズーモフはつい彼の話に耳を傾け，逃亡に手を貸すことに同意してしまう．ラズーモフ自身,「なぜ，もっとずっと前にこの男の話を打ち切って，出て行くように言わなかったのか」(16) と自分の態度を不思議に思っている．ラズーモフは,「堅固な監獄に幽閉されて，うるさく責めたてられ，こづかれ，虐待され」たり,「政府の命令で流刑に処され，人生は破壊され，破滅し，いっさいの希望が奪われてしまう」(17) 政治犯としての自己の姿を想像する．まさに「有名な大学教授」とは対極の未来予想図を思い描いた後，ラズーモフはハルディンに協力するのではなく彼を部屋から追い出すために，彼の指示通り逃走用の橇の手はずを整えるため街へ出かけてく．

　ここで我々は，主人公が革命の権化ハルディンから解放され「有名な教授」になるという夢を叶えられるのか，それとも，彼が危惧しているように政治犯となってしまうのかと今後の展開を想像しつつ「運命の危機」に瀕する主人公の背中を見送るだろう．しかし，主人公の後ろ姿を見送った後で再び顔を出した語り手は,「どんなイギリスの青年もラズーモフと同じ状況に置かれるなど

第 5 章　『西欧の目の下に』——「東欧的」不条理としての「裏切り」——　　95

とは考えられない」から，「イギリスの青年だったら何を考えるだろうかなどと想像してみても，それは空しい努力というものだ」(20) と文化の違いを持ち出して読者の感情移入を遮る．語り手は，その夜のラズーモフの心境（"the faithful reflection of the state of his feelings"）(19) が「忠実に」日記の中で再現されていると言うが，ラズーモフの日記を直接目にすることができない読者にとってラズーモフの「忠実さ」も語り手のその日記に対する「忠実さ」も確かめようがない．

　逃走用ソリを手配するはずの御者ジーミアニッチ（Ziemianitch）は，連れ合いに逃げられた悲しみから泥酔していて暗殺犯の逃亡について話ができる状態ではなかった．途方に暮れたラズーモフはハルディンを当局に密告することを決意する．ジーミアニッチがロシアの民衆の典型であることはここで執拗に強調されている（"a true Russian man" (22); "a proper Russian driver" (23); "bright Russian soul" (24)）．ハルディンは彼を "A bright spirit! A hardy soul!" (15) と絶賛し，ラズーモフも彼を「真のロシア人」（"That was the people. A true Russian man!" (24)）と認めている．この典型的なロシア人との接触を経て，密告の決意も次のように同じくロシア的にラズーモフに訪れる．足下にはロシアの「聖なる怠惰」の大地を感じ，頭上に「はてしない空間と数え切れない何百万の星屑を自分の一身に感じ」「この空間とこの数量を生まれながら受け継いでいるロシア人にふさわしい迅速さ」(25) で彼は専制政府側に「転向」することを決意する．

　　It [the hard ground of Russia] was a sort of sacred inertia. Razumov felt a respect for it. A voice seemed to cry within him, "Don't touch it." … What it needed was not conflicting aspirations of a people, but a will strong and one: it wanted not the babble of many voices, but a man—strong and one!

Razumov stood on the point of conversion. … In Russia, land of spectral ideas and disembodied aspirations, many brave minds have turned away at last from the vain and endless conflict to the one great historical fact of the land. They turned to autocracy for the peace of their patriotic conscience as a weary unbeliever, touched by grace, turns to the faith of his fathers for the blessing of spiritual rest. Like other Russians before him, Razumov, in conflict with himself, felt the touch of grace upon his forehead. (26)

ラズーモフが絆らしい絆もないままハルディンに対して「裏切り」という「罪」を犯さざるを得ない状況に追い込まれた後，下宿に戻ったラズーモフを待ち受けている運命を語る段になって，語り手は語りの「仕事の困難さをますます感ぜざるを得ない」(49)．ロシアという「巨大な親」を持ったこと，つまり天涯孤独であることによってラズーモフがハルディンの共犯者となり，ジーミアニッチという「ロシア的な」妨害によって，ロシアの愛国者らしく反政府分子を裏切り，専制政府側に寝返る．語り手が介入して強調するのは，ラズーモフの行動が徹底して「倫理的腐敗」(7) の国ロシアらしく展開するということだ．「倫理的発見」を「すべての物語の目的であるべき」だと言う語り手がそこに彼の求める「倫理」を見いだすことはできるはずもない．語り手は，ロシアの "moral conditions" が西欧人には「容易に理解されるものでなく，まして１つの物語という限界内では発見することはさらにむずかしい」(49) ことを改めて実感する．

　ラズーモフは，ハルディンを当局に売り渡すことによって，革命運動からも専制政府当局からも解放されると思い込んでいた．しかし，その判断はかえって彼を不条理なロシアの政治の世界にさらに巻き込んでいく．彼は家宅捜索を受け，再び当局に出頭を命じられる．理性的なラズーモフには尋問を受けるという事態が不条理に思えてならず，いっそシベリア送りにしてくれ

とミクーリン（Mikulin）顧問官にうったえる．ラズーモフは，「あの男（ハルディン）のことではもうこれきりにしてもらう」と主張して顧問官の部屋から退出しようとするが，ミクーリンに「どこへ行くのですか」("Where to?")(72) と呼び止められる．ここで読者も，ハルディンに体現される "the lawlessness of revolution" の次に，T—— 将軍やミクーリン顧問官の体現する "the lawlessness of autocracy" という「無法な力の意のままに翻弄されているという感慨」(57) を強くする主人公に行き場はあるのかと問うだろう．すると語り手は，この「ミクーリン顧問官の "Where to?" という質問が，不可解な問題を強烈にはらんで出てくる箇所で」「ラズーモフの記録からひとまず離れる」ことを宣言し，ミクーリンの "Where to?" という問いかけで唐突に第1部の幕を下ろす (73)．こうして "Where to?" を文字通り「疑問」にしたまま，語り手は舞台を暗殺事件当日のロシア（the great land）(25) から，6ヵ月前のスイスはジュネーヴのロシア人居住区（Little Russia）に移す．

ラズーモフはこの後しばらく物語の舞台から姿を消す．ジュネーヴでは，ハルディンの妹ナタリア（Nathalie）が，兄の一番の親友としてラズーモフとの対面を心待ちにしている．亡命革命家たちも，要人暗殺を実行した革命の英雄としてラズーモフの到着を待ち望んでいる．しかし，ラズーモフがなかなか再登場しないので，第1章の終わりで読者に突き付けられた彼の行方に関する問い，"Where to?" は文字通り謎である．

第2部から英国人語学教師は，いわゆる "involved narrator" となって，ヨーロッパに潜伏する革命運動家たちを監視するスパイとしてジュネーヴに送られたラズーモフとハルディン母娘が対面するのを目撃する．第1部で日記の忠実な翻訳者を自称していた語り手の矛盾が最も露呈するこの第2部冒頭で語り手は再び顔を出し，わざとらしく自分の限界と「誠実さ」に言及している．

In the conduct of an invented story there are, no doubt, certain proprieties to be observed for the sake of clearness and effect. A man of imagination, however inexperienced in the art of narrative, has his instinct to guide him in the choice of his words, and in the development of the action. A grain of talent excuses many mistakes. But this is not a work of imagination; I have no talent; my excuse for this undertaking lies not in its art, but in its artlessness. Aware of my limitations and strong in the sincerity of my purpose, I would not try (were I able) to invent anything. I push my scruples so far that I would not even invent a transition. (73)

語り手はここで「(事件の) 推移を勝手に案出することさえしたくない」と言っているが，この直前に彼は第1部から第2部にかけて時間的にも空間的にも大幅な「移行」("a transition") を行ったばかりである．つまり，彼はわざわざ脱線して自分の操作に言及しているのであり，どう考えても，翻訳者としての領分を逸脱し，原典を裏切り，「想像力」をはたらかせて創作しているように思えてならない．しかし，ここで気になるのは，よく指摘される語り手の自己言及性ではない．このように自分の手のうちを明かしてしまうことは語り手にとってある意味不利である．彼がここで言っている「誠実さ」が疑われてしまうかもしれないにもかかわらず，彼の忠誠を確かめようのない我々をあたかも挑発するかのように語り手は介入している．「日を追って順に書き上げられたものではない」(5) ラズーモフの日記が実は密告の翌日の晩から始まっているにもかかわらず (63)，語り手は，主人公の出自，暗殺事件，密告 (裏切り)，ジュネーヴでのスパイ活動，告白，制裁へと物語を展開させている．主人公の出自から始まるこの構成には，語り手が罪と罰の物語を構築し「倫理的発見」を目指そうとしていることがうかがえる．第1部から第2部へのタイム・シフト ("a transition") は語り手のそのような目的にかなっている[17]．というのも，

この操作によって，少なくとも語り手はラズーモフが罪の意識から告白に至るという「筋」を展開することはできるからである．まず語り手は，ハルディン母娘と知り合った6カ月前のジュネーヴに話を戻すことで自分の直接の知人として彼女たちを物語の舞台に登場させる．そこに人から信用を寄せられるという特殊な才能を専制政府の役人に買われてスパイとなったラズーモフが，ヨーロッパに潜伏する革命運動家を監視する任務を帯びて遅れて到着する．ハルディン母娘の存在は，ラズーモフにたえず自分が裏切った男を思い出させて彼を苦しめる．ラズーモフは，ハルディンの母の常軌を逸した悲しみの "Russian coloring"（81），兄の言葉を信じてラズーモフを兄の唯一の親友だと思い込んでいる妹ナタリーの "Russian simplicity"（76）に触れ，ハルディンの亡霊に脅かされ続けていた．第4部で舞台は再びペテルブルグに戻るが，舞台がロシアという "the great land"（25）からジュネーヴという "Little Russia" へ移ろうとも，ミクーリンが "Where to?" と問いかけていた通り，ラズーモフにハルディンの亡霊からの逃げ場所はなく，とうとう悔恨の情から告白するに至るという「物語の筋を展開」するために語り手は時間の順序を操作し，自ら物語内世界に "involve" される必要があったのではないだろうか．

ハルディンの妹や革命グループが自分に寄せる信頼に耐え切れなくなったラズーモフは，第4章でついに自分こそがハルディンを当局に売り渡した張本人だと告白する．語り手は，第2部・第3部では，第4部におけるラズーモフの「裏切り」の告白への伏線を張っておいて，ミクーリンの "Where to?" が，「ラズーモフ君個人の境遇の持つ普遍的意味にある光を投げかけている」と判断し，第4部冒頭で「もはや国家顧問官ミクーリン氏を無視しておけない時がやってきた」と述べ，ラズーモフを「置き去りにしていた」ペテルブルグに舞台を戻す．

それにしても，ラズーモフはなぜわざわざ自分から革命活動家の潜伏場所に出向いていってハルディンへの「裏切り」を告白したのだろうか．ハルディン逃亡の手助けをするはずだった御者ジーミアニッチが，ハルディンに対する密告の罪を着せられたまま自殺し，ソフィア・アントノヴナ（Sophia

Antonovna) ら革命家たちが，自殺したジーミアニッチを「良心の呵責の犠牲者」(198) と誤解したことで，ラズーモフの「裏切り」の事実は彼にとって都合よく封印されるはずだった．この「誰にも予測できなかった」(198) 展開も，ラズーモフが以下であざ笑っているように，ロシア的である．

> "…Ziemianitch ended by falling into mysticism. So many of our true Russian souls end in that way! Very characteristic." Razumov felt pity for Ziemianitch, a large, neutral pity, such as one may feel for an unconscious multitude, a great people seen from above—like a community of crawling ants working out its destiny. It was as if this Ziemianitch could not possibly have done anything else. And Sophia Antonovna's cocksure and contemptuous "some police-hound" was characteristically Russian in another way. But there was no tragedy there. This was a comedy of errors. It was as if the devil himself were playing a game with all of them in turn. (201)

高みから「その運命を果たすべく黙々と働き続ける蟻」の大群を見下ろすようなラズーモフの冷めた説明は，そのまま彼の行動にも当てはまる．自分が「裏切り者」であることを告白することは，せっかく手に入れた安全な立場を無駄にする愚行だと彼は言っていた (210)．にもかかわらず，ジーミアニッチの妨げによって密告せざるを得なかったように，今またジーミアニッチの不可解な自殺によって，「そうなる以外どうしようもなかったかのように」告白して制裁を受けるというロシア的 "mysticism" に彼自身が陥っている．前に見たように，ハルディンを密告した時にラズーモフに良心の呵責がなかったのならば，一体どういう「罪」を彼は告白せねばならないのか．この告白は，彼のどういう行為の「結末」なのだろうか．彼はどうしてもこの結末の謎を自問せずにはいられない——"These were the consequences. Well, what of it?" (239)．

　主人公の告白の場面はそれまでの行為の意味を総括する上で重要である．し

かし，この点に関しても我々の唯一の導き手である語り手は役に立たない．Cousineau は語り手さえいなければ告白に "moral triumph" が見いだせると言って残念がっているが，"moral triumph" が見いだせないことは失敗というよりはむしろ作者の狙った効果であり，そのためにこそ語り手はいる[18]．コンラッドにとって，「東方の論理」("Eastern logic") は謎ではない．ロシアはわからないという印象は西欧人の語り手のものではあっても，決して自らが「ロシア的体験」を持つポーランド人の作者コンラッドのものではないだろう．西欧人の語り手には謎であり不条理であるロシアの政治は，ラズーモフにとって逃れようとしてもどうしても逃れられなかった現実であった．そして，自らが帝政ロシア支配下のポーランドで生まれ，政治犯の父とともに極寒の流刑地で過ごし，実際にロシアの政治に翻弄された過酷な体験を持つコンラッドにとってもロシアの理解不能さは逆に強烈なリアリティ持っていたはずである[19]．いよいよ告白の時期が迫った時語り手は，「読者諸氏がすでにもう自分で発見していると思えることを臆面もなく述べるのに奇妙な躊躇をおぼえる」と言って，「ラズーモフ個人の境遇のもつ普遍的意味」の「発見」(207) に関して沈黙し，「西欧人としての隔たりをつくづく感じて」「最後まで無力な傍観者という役目を果たそうと決心」する (236)．彼はまた，ラズーモフがハルディンの母親に告白する場面には遅れて到着し現場を見ていない．さらに，ナタリアへの告白の場面では「無視された傍観者」(265) に過ぎない．そして，ラズーモフは彼女への「本当の告白」(252) を手紙の中で行っている．告白したラズーモフは，「革命裁判の死刑執行者」ニキータ (Nikita)(189) に殴られて鼓膜が破れ，接近する路面電車の音が聞こえずに轢かれて重傷を負う．恋人ナタリアは負傷した彼のもとを去り，虐げられた貧しい人々のために「情け深い献身的奉仕生活」(265) を送るためロシアに戻る．傷が悪化し日々弱っていくラズーモフは，ロシアの南の地方で隠遁生活を送るが，彼の傍らでは恋人ナタリアではなく革命思想の共鳴者テクラ (Tekla) が「没我的献身の純粋な喜びにひたり」(266)，彼に手厚い看護を施している．ここで我々は再びミクーリンの問い，"Where to?" を思い出す．誰かに理解されたいと切望し続け，恋人に去られたラズーモフは果たして最終的に理解者を得て居場所を見いだしたのか．

　革命グループへの告白と制裁の場面も，語り手の「西欧の目」は「見落として」いる（264）．ラズーモフの「前途の生活の汚辱をおおいかくすことはできないという発見は並大抵の人にできるものではない」と女性革命家ソフィア・アントノヴナは「結論」を下す．ここには「裏切り者」ラズーモフへの東欧的な「許し」（266）はある．しかし，実はニキータはラズーモフと同じようにミクーリンに雇われた政府のスパイであることが後で発覚しており，ラズーモフは，同じ「裏切り者」に裁かれ「無法な暴行の犠牲者」（266）となったのである．革命家たちはそのことには怒りながら，同じく政府のスパイで「裏切り者」だったラズーモフには慈悲の心を差し向け，彼の「思想」を聞くために，隠遁生活を送る彼のもとまで足を運んでいる（266）．この経緯に西欧人である語り手は驚き，彼らの動機が理解できない．ラズーモフの最後の姿に「西欧の目」は「許し」も「結論」も見いだせず，「東方の論理を展開していくロシア的なるものを西欧の目の下に見つめる口きかぬ目撃者という役柄を守り，ただ黙って（アントノヴナによる報告を）聞く」（267）ことしかできない．

＊

　ラズーモフの「ロシア体験」の始まりと同じように，終わりの場面でも依然として語り手が読者の導き手とならないことによって，ロシアは謎にされたまま物語は終わる．ミクーリンの "Where to?" という問いは最後まで疑問のままで，語り手はついに「倫理的発見」をすることなく物語を終える．語り手の語る物語は，ラズーモフに行き場はあるのか（"Where to?"）というテーマで一貫している．これは彼があれほど自分には想像力がなく創作は一切加えていない（116）と言っていたことと矛盾しており，彼が翻訳者として原典に対して「裏切り」をはたらいているであろうことは疑いの余地がないように思われる．しかし，語り手は，原典にアクセスできない我々読者には彼の「裏切り」を立証する手立てはないことを承知の上で，「裏切り」の疑いや責めなど恐れず，む

しろ挑発するように自らの「裏切り」をにおわせる技巧をこれでもかとばかりに見せつけていた.

『西欧の目の下に』執筆時のコンラッドは, 外国人としての疎外感を強め, 絶望の淵で「裏切り者」という責めとたたかっていた. 同時代の批評家たちは前作『密偵』を物珍しげにしか扱わなかったし[20], コンラッドの才能を見いだし, 親交も深かったガーネット (Edward Garnett) でさえ, 『密偵』の特異さを作者の「スラヴ」性に帰し, 『西欧の目の下に』の筆致をロシア作家のそれに例えた[21]. 加えて, 『短編六つ』の書評ではリンド (Robert Lynd) が「祖国を捨てた」ポーランド人の作家コンラッドが英語という「外国語」で書いているために, 彼の文学には「偉大な文学には不可欠のヴィジョンの集中度と強烈さ」が欠けていると述べ, コンラッドが母国語で書かないことを皮肉った[22].

ヴィジョンが悲劇的であるとか暗いという非難であれば, 例えばハーディ (Thomas Hardy) にも当てはまりそうなものなのに, ハーディには人気がある. だとすれば, 自分が大衆に受け入れられないのは, "foreignness" のせいではないかとコンラッドは書簡の中でこぼしている.

> The S[ecret] A[gent] may be pronounced by now an honourable failure. It brought me neither love nor promise of literary successes. I own that I am cast down. I suppose I am a fool to have expected anything else. I suppose there is something in me that is unsympathetic to the general public—because the novels of Hardy, for instance, are generally tragic enough and gloomily written too—and yet they have sold in their time and are selling to the present day.
> 　Foreignness I suppose.[23]

『西欧の目の下に』の中で「西欧の目」が次第に物語の周辺に追いやられていっ

たように，この頃言わば彼の中の東欧性は極度に肥大し，西欧性を圧迫していたのかもしれない．

コンラッドと同郷の伝記作家ナイデル（Najder）は，コンラッドが「1つの文化の経験や慣習を別の文化の言語で伝えようとする」"self-translating"な作家であると言った[24]．ロシア語で書かれたラズーモフの日記を英国人の語学教師が翻訳し，「西欧の読者」に語る『西欧の目の下に』は，まさにナイデルの言うようなコンラッドの創作スタイルを再演している．「自己との親しいまじわり」（"self-communion"）(6) を求めてハルディンへの裏切りを正直に綴ろうとするラズーモフの「自己暴露的記録」(6, 217) には，ここまで「裏切り」のテーマにこだわり続けたコンラッドの創作行為が確かに集約されているように思える．しかし，コンラッドが小説家として，このような「自己を正当化する」告白スタイルに疑問を抱いていたことは，『個人的回想録』の中でルソー（Jean-Jacques Rousseau）を「想像力の欠如した」"an artless moralist"だと非難していることにうかがえよう[25]．しかし，ルソーの告白への強い非難は，自分のこれまでの「自己暴露的」あるいは「自己を正当化」するような創作スタイルへの自覚と反省でもあったのではないか．『西欧の目の下に』での身を削るかのようなロシア体験との対峙はコンラッドに極度の神経衰弱を引き起こし，同時に，ラズーモフのように「心理的自己告白的，自己分析」（"the mental and psychological self-confession, self-analysis of Mr. Razumov's written journal"）(217) を続けていくならその先には絶望しかないことを痛感させたのではないだろうか．それは，「新鮮な空気を一息吸って元気を回復する希望が全くない汚れた空気の中でいつ果てるともなくもがき続けていく運命」を背負い，「大海をひとり泳ぐ者のごとく孤独」(10) なラズーモフの「絶望」(191) に違いない．そして，東欧的体験を「忠実に」英語でself-translateし続けるうちに，『西欧の目の下に』の多言語を操る老いた語り手のように，コンラッドは，「想像力と表現力の高級な才能」が「無数の言葉のもとで息の根を絶やされて」(5) しまったかのように感じていたかもしれない．敢えて原典への「裏切り」

を疑わせるかのような英国人の語り手の開き直りにも似た態度は，「裏切り者」という責めへの絶望の淵での必死の抵抗ではないだろうか．仲間を殺害し船を逃げ出した「秘密の共有者」のレガットも，「まるで何千フィートの深さの井戸の中で泳いでいてよじ登って外に出る場所がどこにもない」絶望的な状況にある．しかし，泳ぎの名手であるレガットは，「狂った牛のように同じ場所をぐるぐる泳ぎ回った挙句あきらめること」を拒否する[26]．次章で扱う「秘密の共有者」では，孤独の大海であきらめて「溺れる」ということ自体が不可能な設定によってコンラッドの「裏切り者」は遂に解放される．

注
1) 名声の頂点にあった金融家ド・バラル（de Barral）は，ロンドンでホテル住まいをしながら，夫人と娘フローラ（Flora）には田舎暮らしを強要しているが，マーロウは彼女らのいわば幽閉状態を「流刑」という言葉で説明している．Conrad, *Chance: A Tale of Two Parts* (Oxford: Oxford University Press, 1986) 71.その他，孤独な幼少時代，父ド・バラルの投獄など主人公フローラには作者コンラッドとの共通点があるが，ベインズはそれを単なる「心理的シンボリズム」とし，『運命』は最もコンラッドの実体験に基づいていない作品だと述べている．Jocelyn Baines. *Joseph Conrad: A Critical Biography* (London: Weidenfield, 1960) 388
2) Najder, *Joseph Conrad: A Life* (Rochester, NY: Camden House, 2007), 308
3) コンラッドは手紙の中で，"the subject [Russia] has long haunted me. ... Now it must come out." と述べている．Conrad, Letter to J.B.Pinker, 7 Jan. 1908, Karl and Davies eds., *The Collected Letters of Joseph Conrad,* vol. 4. 14
4) Conrad, *Under Western Eyes* (Harmondsworth: Penguin, 1996) 7 テクストはこの版を使用し，頁数を括弧内に記す．
5) Carabine, "The Figure Behind the Veil: Conrad and Razumov in *Under Western Eyes*, David R. Smith, ed., *Joseph Conrad's Under Western Eyes: Beginnings, Revisions, Final Forms* (Hamden, CT: Archon Books, 1991) 1-26
6) Guerard, *Conrad the Novelist,* 259-60
7) Hewitt, *Conrad: A Reassessment,* 81

8) 例えば，Lothe, *Conrad's Narrative Method*, 263-93. Penn R. Szittya, "Meta-Fiction: The Double Narration in *Under Western Eyes*," Keith Carabine, ed., *Joseph Conrad: Critical Assessments* IV vols. Vol. III, 185-204.

9) C.B. Cox, *Joseph Conrad: The Modern Imagination* (London: J.M. Dent & Sons, 1974) 104

10) David Leon Higdon, '"His Helpless Prey": Conrad and the Aggressive Text,' Carabine, ed., *Critical Assessments* Vol. III. 222.

11) Eloise Knapp Hay, "*Under Western Eyes* and the Missing Center," David R. Smith, ed., *Joseph Conrad's Under Western Eyes: Beginnings, Revisions, Final Forms* 121-53

12) Keith Carabine, *The Life and the Art: A Study of Conrad's "Under Western Eyes"* (Amsterdam-Atlanta, GA: Rodopi, 1996) 1-63, 209-51

13) Smith, ed., *Joseph Conrad's Under Western Eyes: Beginnings, Revisions, Final Forms* を参照.

14) 例えば，Hay, 143 を参照.

15) Guerard, 243

16) Morton Dauwen Zabel, "An Introduction to *Under Western Eyes*," *Conrad: A Collection of Critical Essays* (Englewood Cliffs, New Jersey: Prentice-Hall, Inc., 1966) 132

17) ダレスキーやローズは，この操作によって読者だけがラズーモフが実はスパイであるという事実を知ることで "dramatic irony" が生じると指摘している. Daleski, *Joseph Conrad: The Way of Dispossession* 188.; Lothe, 272.

18) Thomas Cousineau, "The Ambiguity of Razumov's Confession in *Under Western Eyes*," *Conradiana* 18 (1986) 35.

19) この物語が写実的な意味で実際のロシアの忠実な再現であるかどうかを問題にしているのではない．コンラッドの伝記作家ナイデルは，『西欧の目の下に』がロシアのリベラルな知識人層の人々から見ても実際のロシアを忠実に描写できているらしく，意外にもロシアの知識人からの反発はなかったと主張する. Najder, "Conrad, Russia and Dostoevsky," *Conrad in Perspective: Essays on Art and Fidelity* 119-38 一方，クランクショーは，『西欧の目の下に』におけるコンラッドの革命思想の扱いは浅薄で，幼少時のロシアの記憶がもはや薄れたコンラッドはロシアの現実から離れていると主張する，強制収容所経験を持つ亡命ポーランド人作家の見方を紹介している．E.Crankshaw, "Conrad and Russia," *Joseph Conrad: A Commemoration*, ed. by Norman Sherry, 95

20) Watt, ed., *Conrad: The Secret Agent*, 46; Carabine, ed., *Critical Assessments*, vol.1. 338-40
21) Watt, ed., *Conrad: The Secret Agent*, 42,45
22) Najder, 340-1
23) Conrad, Letter to J. Galsworthy, 6th Jan. 1908, Karl and Davies, eds., *The Collected Letters*, vol 4. 9-10
24) Najder, Introduction. *Conrad's Polish Background: Letters to and from Polish Friends* ed. Zdzisław Najder, trans. Halina Carroll (London: Oxford University Press, 1964) 1
25) Conrad, *A Personal Record*, 95
26) Conrad, *Typhoon and Other Tales* (Oxford: Oxford University Press, 1986) 261 テクストはこの版を使用し，頁数を括弧内に記す．

第6章

「秘密の共有者」
—— 「裏切り者」の解放 ——

　「秘密の共有者」における仲間への「裏切り」は，政治小説群の舞台であるヨーロッパからコンラッドお馴染みの海と船乗りの世界に再び戻されている．「秘密の共有者」の語り手である若い船長は，同じ湾内で停泊中のセフォーラ (*Sephora*) 号上で仲間を殺害し自分の船まで泳いで逃げてきた一等航海士レガットを匿い，座礁の危険を顧みず接岸して近隣の島に逃がす．若い未熟な船長は，初めての航海を前にして不安を抱えていたが，レガットとの出会いを通して「成長」し本国へ向けて出発するまでを語る．1909 年という執筆時期からすれば，「秘密の共有者」は作者が海の生活から遠く離れ，陸を舞台にした一連の政治小説群を書いた後の作品であるにもかかわらず，むしろ，「闇の奥」，『ロード・ジム』といった前期の海の物語と同じような「通過儀礼」の物語として賞賛されてきた[1]．しかし，そのように一見コンラッドに典型的な海の物語に見える「秘密の共有者」の最も際立った特徴は，仲間への「裏切り」を犯すレガットにもその「裏切り者」を匿う船長にも罪悪感や良心の呵責らしきものが一切ないということである．船乗りの規範に背き，船乗りの世界を追放されたジムについて判断が下せず語りを完結させることができないマーロウの重苦しい口調は「秘密の共有者」の語り手にはない．船長が語る過去の体験の内容は，殺人犯を匿い，逃亡の手助けをしたという驚くべき「裏切り」行為であるにもかかわらず，彼の語り口には「罪」を告白し懺悔しようとしている様子はない．レガットも，仲間を殺しておきながら，「私に罪があるか，一体どんな罪があるのかが判事や陪審員にわかるでしょうか」と船長に訴える (283-4)．

船長は，事情も詳しく聞かずに「私の分身は決して殺人鬼なんかではない」(254)と決めつけて逃亡の手助けをする．

　これは，厳しい道徳観に支配されたコンラッドの海の世界を称賛する批評家たちには受け入れがたい点であり[2]，ベインズやダレスキー（Daleski）などは「秘密の共有者」が道徳的な問題を「無視」していると考えている[3]．確かに，「秘密の共有者」に至る一連の創作の流れを見る限り，コンラッドが，「裏切り」の告白の後にラズーモフを待ち受けているかもしれない絶望と破滅のヴィジョンに耐えきれずに，レガットにはラズーモフの絶望を免除しようとしたと考えることは可能だ．しかし，「無視」は根本的な解決ではなく，亡霊を完全に追い払うことにならない．この短編におけるコンラッドの試みはもっとラディカルである．それにもかかわらず，この作品はあまりにコンラッドに典型的な物語に見えるだけに，その道徳的問題の捉えがたさの本質は十分解明されないまま，モラリスト・コンラッドを特権化するパラダイムの下で正典に加えられてきた．そこで，本章では，海の世界の道徳を称揚する（と見える）この作品の姿勢を検討し直し，ここまでの「裏切り」のテーマの探求におけるその意味を考えてみたい．

*

　船長の物語は，海という舞台の上で「疎外感」を軸に展開する．未熟な若い船長は，彼の「よそ者意識」を具現化したかのようなよそ者レガットという「分身」との出会いと別れを通して内なる「疎外感」を克服していく．語り手の船は，シャム湾の入り口で出帆を待っている．つい2週間前に船長に任命されたばかりの彼は，船とも船員たちとも，船長としての立場にもなじめず，不安を抱いている．そして，あまりの疎外感から船長としての初仕事として自らが見張りに立つという突飛な行動に出てしまう．1人甲板に佇んでいた船長は，セフォーラ号で殺人を犯し，泳いで逃げてきた一等航海士レガットが自分の船の縄梯子につかまっているのを発見し，何のためらいもなく彼を船に引き上げる．船長は，「よそ者」（"stranger"）レガットとの間に「奇妙な心の通い合い」（"a mysterious communication") (251) を感じ，仲間に気づかれないようレガットを船室に匿い，追っ手から守り，最後には危険な接岸を試みて孤島に逃がす．その過程で船長は内なる疎外感（"strangeness"）を徐々に克服し船長として成長し，「秘密のよそ者」（"the secret stranger"）レガットが船長の船を離れる頃には，船長は疎外感（strangeness）を「完全に」(295) 解消している．語り手は，はじめは慣れなかった船長としての立場にもなじみ，本国に向けての初航海に無事出発する．近隣の島を目指して泳ぎ出す分身レガットとの別離によって失った "a mysterious communication" と引き換えに，疎外感を克服して成長した船長が，船との「完全な通い合い」（"the perfect communion of a seaman with his first command"）(295) を得たところで船は出発し船長の物語は幕を閉じる．

　海という舞台も，主人公の「疎外感」もコンラッドにはおなじみの物語の構成要素であり，主人公はたいてい孤独のうちに死んでいく．「闇の奥」のクルツは，アフリカのジャングルの中で仲間から孤立して象牙収集に取り組むうちに白人の行動規範を大きく逸脱し精神の「闇の奥」に恐怖を見いだし死んでいく．『ノストロモ』のデクーは，漆黒のプラシド湾上に浮かぶイザベル島に置き去りにされ真の孤独と向き合い自ら命を絶つ．しかし，「秘密の共有者」における語り手の「疎外感」には，クルツやデクーの場合のような深刻さは感じ取れない．

　2日間の重労働で睡眠をとっていない乗組員たちを気遣って，全員を下がらせて1人で見張りに立つという「異例の処置」について，語り手は，"My strangeness, which had made me sleepless, had prompt that unconventional arrangement." (247) と説明している．こうした説明は確かにレガットを船に呼び寄せたのは船長自身が抱えていた「疎外感」であるというような心理的解釈を誘うかもしれない[4]．しかし，全員を寝かせて停泊当直もつけずに1人きりになろうとする船長の異常な行動は，「疎外感」といった理由だけで本当に説明し切れるものだろうか．むしろ，「疎外感」を語る船長の以下のような意

味ありげな語り口にはいかにも作為的なところが感じられないだろうか.

> It must be said, too, that I knew very little of my officers. … I had been appointed to the command only a fortnight before. Neither did I know much of the hands forward. All these people had been together for eighteen months or so, and my position was that of the only stranger on board. I mention this because it has some bearing on what is to follow. But what I felt most was my being a stranger to the ship; and if all the truth must be told, I was somewhat of a stranger to myself. The youngest man on board…, and untried as yet by a position of the fullest responsibility, I was willing to take the adequacy of the others for granted. They had simply to be equal to their tasks; but I wondered how far I should turn out to be faithful to that ideal conception of one's own personality every man sets up for himself secretly. (245-6)

いくら疎外感を抱いているといっても,これでは強調しすぎではないだろうか. この冗長さは語り手が仲間や船に馴染めないことからくる寂しさに単純に浸っていることを示すだろうか. これまでのコンラッド文学におけるように, 語ることによって船長が探求しようとする「真実」(the truth) はあたかも彼自身の精神の内奥に隠されたもう1人の自分として潜んでいるかのように語られているが,「疎外感」("strangeness") の執拗なまでの強調は,語ることによって「疎外感」の奥に潜む「真実」に到達するためというより, 彼もここで言っているように, これから続く物語の展開に「いささか関係がある」どころか大いに「関係がある」からこそ必要なのではないか.「疎外感」故に船長の自我は分裂し, レガットを呼び寄せ, 匿い, 逃がすことによって「疎外感」を克服し成長していくという物語を展開するために, 語り手は,「ついでに」ではなく是非とも「疎外感」については「言っておかねばならない」に違いない.

船長は何度も繰り返しレガットを分身（"my double", "my secret self", "my other self"）と呼ぶものの，なぜ船長がレガットを分身と見なしてしまうのかという肝心の点について一切説明はない．「疎外感」が生んだ分身レガットが，自らの犯した殺人という行為について「考えぬく様子」や，「かたくなに思い詰めた様子」が，「すっかり想像がついた」（258）と語り手は言う．しかし，肝心のその内容は彼の物語の中では明かされない．船長はレガットと自分が似ていることをほのめかしている（"Anybody would have taken him for me"（266））が，一方では分身レガットが自分に「ちっとも似ていない」とも（257）とも言っており，2人が本当に似ているのかは大いに疑問であるが，船長がレガットを匿っていることを結局最後まで知らない乗組員たちからこの点に関する証言を期待することはできない．さらに，分身と見なされているレガット本人もそのことには一切触れていない．その点についての真実を開示しようとする代わりに，分身レガットを匿う場所の形状をわざわざ次のように紹介する船長の口調には，分裂が生む苦しみよりもむしろ遊びの要素さえ感じられる．

> It must be explained here that my cabin had the form of the capital letter L, the door being within the angle and opening into the short part of the letter. A couch was to the left, the bed-place to the right; my writing-desk and the chronometers' table faced the door. But any one opening it, unless he stepped right inside, had no view of what I call the long (or vertical) part of the letter. It contained some lockers surmounted by a bookcase; and a few clothes, a thick jacket or two, caps, oilskin coat, and such like, hung on hooks. There was at the bottom of that part a door opening into my bath-room, which could be entered also directly from the saloon. … The mysterious arrival had discovered the advantage of this particular shape. (256-7)

このような細部は，分裂した自我を抱える船長の心の闇を覗き，道徳的な判断を下すという目的に貢献するだろうか．むしろ，船長のここでの詳しい説明によってレガットが匿われている部屋の形状を把握した読者は，乗組員たちが船長の部屋を訪れる度に臨場感を持ってレガットの動向を見守ることができるのである[5]．こうした要素は，船長の謎めいた「疎外感」に，死[6]や「破壊的要素」への衝動[7]を読み取る解釈からはみ出してしまう．後に，給仕が船長の上着を部屋に掛けに来て「ひどくぐずぐずし」た挙句，浴室のドアを開けようとする時，我々は船長と同じようにびくびくし，「もうおしまいだ」と感じずにはいられない (281)．船長は，分裂した人間の苦しみよりも分身を匿うスリルを読者にも体験させるためにもやはり部屋の形状は「ここで説明しておかねばならない」のではないか．

*

　コンラッド作品は，時間構成が複雑で筋が入り組んでいるために出来事のあらましを追うこと自体が困難なものが多い．反芻するように何度も何度も過去のある時点（『ロード・ジム』ではパトナ号事件，『ノストロモ』ではスラコ革命，『密偵』でも天文台爆破事件）に立ち戻ってことの真相を問おうとするために，筋が錯綜し概して時系列での展開が辿りにくい．しかし，船長の物語はコンラッド作品には珍しく，「事件の始めから終わりまで読者を連続的に誘い」，船長の成長および出発というエンディングに向けて直線的に展開し収斂していく[8]．船長は分身を匿い，逃がすことの是非を立ち止まって考え，判断するのではなく，ただただ分身の救済を実行に移していく（"I had no leisure to weigh the merits of the matter...." (277)）．そして，彼の物語もひたすら前進し，立ち止まって内省に耽ったりしない．マーロウがジムに対する道徳的判断を先送りして物語を徐々に拡大していった『ロード・ジム』の執筆は2年以上かかったが，「秘密の共有者」は約10日で仕上げられた．

　しかし，試練を乗り越え船長としての初航海に出る若者の物語が単純な成功の物語としてすんなり受け入れられるわけではない．語り手は，一連の出来事

を「疎外感」(その具現としての「分身」)を軸に語り,「決断力の乏しい船長」から勇敢かつ有能な船長への成長の軌跡を描こうとしているが,海のモラルを称揚する「忠誠」の物語を成立させるために船長が次から次へと並べている出来事は,同時に船長の「裏切り」を証明するためにも用いることができる.

　船長は,睡眠不足の乗組員を気遣って見張りに立った.その意味で船長は船長としての初仕事において仲間への「忠誠」を示していると言える.が,それは紛れもなく船長としては「異例の処置」(247)——大げさに言えば「裏切り」である.彼が自分の行為の「逸脱性」(eccentricity)をよく意識していることは以下のような口ぶりにも表れている.

> I had peremptorily dismissed my officers from duty, and by my own act had prevented the anchor-watch being formally set and things properly attended to. I asked myself whether it was wise ever to interfere with the established routine of duties even from the kindest of my motives. My action might have made me appear eccentric. Goodness only knew … what the whole ship thought of that informality of their new captain. (249)

ここで船長は,たとえ善意からだとしても,自分が既成の秩序,正式な手続きを乱し中断させているとはっきり意識している.コンラッドの語り手はこれまで,例えばジムのように主人公さえよくわからない動機から早まった行動を取り,共同体から追放されたことを振り返り,延々と動機を探ろうとして苦しんでいた.ここで船長の逸脱行為(「裏切り」)の「動機」ははっきりしている.彼はそれを部下のためだと思っている.しかし,結果としてその行為によって船長は殺人を犯して逃げてきた人間を船に引き上げるという「裏切り」行為をさらに重ねてしまっている.まだ名前しか知らない人物と「すでに奇妙に心が通い合っていた」(251)と言う船長は,レガットを自分の船室に匿い,そこで初めて事情を尋ねる.レガットは航海中に仲間の乗組員を殺してしまった.嵐

に対する恐怖ですっかり気が動転し他の船員たちの任務遂行の邪魔になるほど大騒ぎしていた船員を黙らせようとしたレガットは，その船員の喉もとをつかんで揺すり続け，窒息死させてしまう．レガットは一等航海士の職を解かれ，船室に監禁されていたが，食事を運んできた船員が鍵をかけ忘れたすきに逃げ出し，自分でもわからないうちに衝動的に海に飛び込んでいた．レガットの告白はこのように驚くべき内容であるにもかかわらず，船長は詳しい説明を彼に求めず，レガットの話を途中で遮って，「打ち解けた様子で」「かっとなったのだね」と「助け船を出す」(253)．船長は何の確信や根拠があって相槌を打つのだろうか．いくら船長とレガットが「すでに心が通い合っていた」としても，問題が殺人であるだけに，この共感はまさに「奇妙」である．

　船長は，最初，甲板に1人で佇みながら，せわしなく立ち働いている船員たちの立てる騒がしい音によって「厳かで完全な孤独」(244) が遮られるのを厭い，乗組員との間に距離を置こうとしていた．ところが，レガットの登場以後，にわかに船長らしく堂々と船員たちと接し始める．船員たちが命令どおりに仕事をするのを甲板に留まって監督し，「断固たる態度」を取る必要を感じて「うんと厳格に振舞」い (265)，「言訳を入れる余地のないほどの語気」で (266) 次々と命令を下していく．船長らしい威厳を示すのは，義務を果たしていることになるが，それはレガットを匿っていること（裏切り）を悟られまいとしての行動である．この間船長は，徐々に「疎外感」を克服し成長していく．やがて逃げたレガットを追って，セフォーラ号の船長アーチボルド（Archbold）が語り手の船にやってくる．「しかるべき法の筋を通さねばならない」(259) と言うセフォーラ号の船長は，陸上でレガットを法の手に委ねるつもりである．しかし，船長はしらを切ってアーチボルド船長を追い返す．いよいよ仲間に気付かれずにレガットを匿うことに限界を感じた船長は，コーリン（Koh-ring）島へ接岸を試みて未開の島に彼を逃がそうとする．見通しが悪い夜間に船を方向転換させ，できる限り岸に近づけよういう船長の判断は，またしても乗組員たちを驚かせる．船長は，レガットの脱出口として後甲板の舷窓を開けさせる．しかしそれは，レガットの存在に

気付かない乗組員にとっては「わけのわからぬ命令」である．驚きのあまり何のために窓を開けるのかと尋ねる部下に対して，船長は，ただ自分の言うとおりにしろと有無を言わさず彼の命令に従わせている．

　夜の闇の中で接岸するために，船長は夢中で乗組員に指示を出し続けた．そのうち，いつのまにかレガットは誰にも気付かれずに船を離れ，海へ泳ぎだしていた．上陸後の日除けのためにレガットに渡しておいた「白い帽子」が目印となって船は危機を乗り越える．この作品を「通過儀礼」の物語として解釈しようとする批評家たちは，船長としての成長過程における最大の試練を彼が「白い帽子」という偶然的要素によって切り抜けることを，キリスト教の枠組みで何とか合理的に解釈しようとしてきた．その場合，この「白い帽子」はレガットへの船長の憐れみのシンボルと見なされ，結局その憐れみによる善行が船長を救ったと解釈される[9]．しかし，むしろ，殺人犯への思いやり（「裏切り」行為）が，その帽子を目印に自分の船と仲間を首尾よく座礁の危機から救うという「忠誠」の行為に転じると考えればどうだろうか．船長の仲間への気遣いとレガットへの気遣いは切り離せず，いつでも反転する可能性があることは，別れ際に船長が上陸するレガットを気遣って金貨6枚のうち半分を渡し，残りの半分を仲間の食糧を買うためにとっておくという行為にも暗示されている (289)．つまり船長は，大げさに言えば殺人犯の新天地での生活を気遣うことによって船長としての「裏切り」行為を犯しつつ，残りの半分を仲間の食糧を買うために取っておくという仲間への「忠誠」も同時に果たしているのである．彼の忠誠の行為はいつも裏切りの行為と同時に発生する．ともかく，仲間全員の命を危険に曝してまでレガットのために無謀な接岸を決行するという「裏切り」行為を通して，語り手は，船長として成長（仲間への忠誠）を証明した．甲板ではすべての乗組員が船長の命令を待っている．こうして乗組員に受け入れられ船長としての立場にも馴染んだ語り手の船は，本国にむけての初航海に出発する．

　最後に語り手は，レガットは「罰を受けるべく海に身を投じた」(295) のだと言ってあくまで船長として義務を果たしていることを印象付けて物語を締め

括ろうとする．しかし，レガットを匿い，レガットを探しに来たセフォーラ号の船長アーチボルドを体よく追い返し，仲間の命を危険に曝してまで接岸を決行したのは，やはり，アーチボルドの言う意味での「法」に基づく「罰」をレガットに免れさせるためではなかったのか．レガットは「地図にものっていない」島（285）を目指して泳いで行った．「今後永久に親しい人の顔を避けて隠れ住み，宿無しとなって地上をさまよう運命を背負った」レガット（294）に，「貿易の手も伸びず，行き来もなく，どんな生活が営まれているかが不可解な謎」であるような未開の地で，どのような「罰」が待ち受けていると船長は言うのだろうか．いくら語り手が最後の最後で海の世界の規範に従う船長らしく，レガットは「罰を受けるべく海に身を投じた」のだと説明しようとも，船長の最後の行為もレガットに法の裁きを免れさせようとするこれまでの一連の船長らしからぬ行為（"eccentricities"）の延長線上にあることは否定できない．

　このように，船長が語る物語は，"eccentricities"——自分の船の仲間に対する「裏切り」行為の連続である．我々は，船長の物語を「忠誠」の物語として読もうとするならば，同時にどうしてもそれを「裏切り」の物語としても読まねばならない．船長の行為を仲間に対する「忠誠」として規定する船乗りの規範に従うならば同時に，同じ船長の行為を「裏切り」とも判断できてしまうからである．つまり，船長が語る上で依拠している船乗りの規範に従って判断するならば，船長の行為には「裏切り」と「忠誠」という相反する2つの意味が同時に生じてしまう．このように2つの相反する意味を同時に生み出してしまうような判断基準ははたして基準として有効なのだろうか．これは，はじめに触れたベインズやローズの言うような道徳的な問題の「無視」ではなく，むしろ無効化と言うべきであろう．

　「法のかわりをつとめている」（259）ことを自負するセフォーラ号のアーチボルド船長が，嵐の最中に露呈する無能さは，判断を下す際の絶対的な権威（法）を無効化しようとするこの短編の志向を何よりも端的に表している．猛り狂った海に恐れをなして命令を下せないほど動揺していたアーチボルド船長に代

わって帆を縮めるという離れ業を成し遂げたレガットは，船を窮地から救った．しかし同時にレガットは，船を危機から救おうとするその作業の最中に，嵐に対する恐怖で気が動転し作業の邪魔となるほど騒ぎ立てていた船員の喉首をつかんで死に至らしめた．レガットの犯した殺人という罪はもちろん到底許し得ない行為である．「君は人殺しをしたのだ．もうこれ以上，この船の一等航海士の職に留まるわけにはいかない」(255) とアーチボルド船長が言う通り，レガットの行為は船乗りの規範に従えば仲間に対する最悪の「裏切り」である．しかし，その同じ判断基準によれば，レガットは同時に船を窮地から救うことによって仲間への「忠誠」を果たしていることにもなる．レガットは，自分の「罪」が一体どんなものかが「判事や陪審員にわかるだろうか」(283-4) と言っていた．語り手である船長も，殺人を犯したレガットではなく，彼を追って来たアーチボルド船長の方を「いやいやながら哀れっぽく白状しているみたいな口ぶりの罪人」(268) のように感じている．船長が，"There was something that made comment impossible in his [Leggatt's] narrative, or perhaps in himself; a sort of feeling, a quality, which I can't find a name for." (261) と言っているように，レガットの行為はどうとも「名付けえない」行為である．

　分身レガットは船長の心に隠された闇の部分の投影であり，レガットとの接触を通して船長は自らの心の底に隠された邪悪な部分を解消しながら成長していくという解釈は，「秘密の共有者」を論じる際支配的であった[10]．しかし，判断する際の拠り所となる道徳的な判断基準（この作品の場合船乗りの規範）そのものが失効しているならば，伝統的な読みが反復してきたように，分身レガットを悪のシンボルと見たり，あるいはその反対にカーリー (Curley) のように "ideal" と見なしたりすること，つまり善悪の基準でレガットの行為に意味付けしようとすることは困難，いやまさに語り手が言うように「不可能」(261) になる[11]．この作品の道徳を巡る議論が混乱するゆえんである．彼は抑圧された邪悪な自己でもあり理想的な自己でもあり，ということはどちらでもなく，まさにその正体が明かされることのない秘密の存在である．

語り手は，事件についての説明にはいくつかの "version" が存在することを暗示している．レガットを追ってやってきたアーチボルド船長が，事件のあらましを船長に語っているが，語り手はその "version" を「記録するに値しない」と言って省略している（269）．レガットを解雇して監禁し，彼を法の前に引きずり出そうとするアーチボルド船長は，間違いなくレガットを罪人として描写していることだろう．アーチボルド船長とともにやってきたセフォーラ号の乗組員の "version" では，レガットの件は，語り手の船の乗組員には「今までに聞いた Yankee 船上での殺人を上回る」（274）「非常に恐ろしい話」とされていて，彼らを震え上がらせている．レガット自身も，事件を「老判事やごりっぱな陪審員をぎょっとさせるに十分なひどい話」（255）だと言っている．しかし，語り手にとってレガットの一件は，これらのさまざまな "version" とは「まるっきり別の話」（274）に思える．
　一見海の規範の称揚と見えた姿勢も，実は告発であり，賛美しているようにみえる当の規範の非を見抜いて遺憾がっている，と考えられる．しかし，レヴェンソンの言うように，コンラッドが社会を批判し，何か新しい権威のあり方を提示しようとしていると言っているのではない[12]．むしろ，権威という考え方そのものが「秘密の共有者」では無効にされているのである．語り手に絶対的権威に対するこのような懐疑があったのであれば，船長として自らがその権威を行使せねばならない旅に出るに際して他の乗組員の中で「疎外感」を抱いて当然であろう．はじめに語り手は絶対的権威の支配する世界に対する批判者として自らが帯びる権威に対して懐疑的に距離を置こうとしていたが，他者レガットとの出会いを通して，距離を保つのではなく，絶対的権威という根拠を欠いたまま船長としての責任を引き受け，航海に出発するに至るのである．

*

　『西欧の目の下に』ではラズーモフの孤独は海のメタファーで表現されていたが，大罪を犯しすべてを失ったレガットの絶望も，「新鮮な空気を一息吸って元気を回復する希望が全くない汚れた空気の中でいつ果てるともなくもがき

続けていく運命」を背負い「大海をひとり泳ぐ者のごとく孤独」なラズーモフの「絶望」と同質である．理解者もなく逃げ場所もないラズーモフは海で疲れ果てて溺死するまでそれこそ永遠に泳ぎ続けなければならないだろう．一方，コンラッドは，レガットを簡単に溺れることのできない泳ぎの名手にし，彼には船長という理解者を与えた．

　自分の部屋に暗殺犯を匿うことになってしまったラズーモフは，誰かに自分の秘密を打ち明けたい，誰かに理解してほしいと願ってもがけばもがくほど誤解の連鎖にますます巻き込まれていった．一方船長という理解者を得たレガットは，その喜びを以下のように船長に告げている．

　　"It's a great satisfaction to have got somebody to understand. You seem to have been there [on the deck] on purpose." And in the same whisper, as if we two whenever we talked had to say things to each other which were not fit for the world to hear, he [Leggatt] added, "It's very wonderful." (284)

口を開けば必ず「人に聞かれて具合の悪い話」ばかりせねばならないかのように声をひそめ，顔を必要以上に近づけて話すレガットと船長の親密な関係を同性愛の文脈で考えることは確かに可能だろう[13]．船長は初めて会ったレガットとの間に「奇妙な心の通い合い」(251) を感じ，寝巻きのまま船のはしごにつかまっていたレガットの怪しげな様子にも立ち入って事情を聞こうとせず，匿い，自分の船を危険にさらしてまで彼を逃がした．しかし，レガットが前の船でしてしまったことについて船長が詳しい説明を聞こうとせず，いやに理解を示しているのは，彼がレガットに性的魅力を感じているからでも，あるいは先述のように道徳を無視しているからでもない．コンラッドはここまで彼の語り手たちを通して，もう聞き飽きるほど同じ話を何度も聞いてきた．「闇の奥」で裏切り者を発見して以来，裏切り者を裁く際の根拠に対する疑念から判断を先送りし，根拠を問えないようにし，秘密にし，不条理で証明不可能なものに

してきた．すべてを失い文字通り裸同然で泳ぎ着いたレガットのように，あるいはラズーモフのように，元の自分の居場所を失ってしまった他者を，この先も「判事や陪審員」の前に引きだし続けるのかとコンラッドは語り手とともに考えたに違いない．このようにうんざりするほど同じことが繰り返されるかもしれないという絶望を，レガットも船長に次のように打ち明けていた．

> One might have been swimming in a confounded thousand-feet deep cistern with no place for scrambling out anywhere; but what I didn't like was the notion of swimming round and round like a crazed bullock before I gave out; and as I didn't mean to go back ···. So I went on. (261)

これは，レガットのみならず語り手，そしてこの時期の作者の絶望でもあったかもしれない．コンラッドは『密偵』を仕上げた直後の 1907 年頃から，『西欧の目の下に』へと拡大することになる短編「ラズーモフ」に取り掛かったが，執筆が難航する「ラズーモフ」を抱えながら一方で，友人フォード（Ford Madox Ford）が編集する雑誌『イングリッシュ・レヴュー』（*The English Review*）において，後に『個人的回想録』となる自伝的エッセーの連載も 1908 年頃から開始している．『個人的回想録』では，船乗りになるために祖国ポーランドを脱出したという事実が "jump" という言葉で表現されているが[14]，コンラッドはこの "jump" したという事実を「不実」だと軽々しく「判断」することはできないと述べている（"No charge of faithlessness ought to be lightly uttered. The appearances of this perishable life are deceptive, like everything that falls under the judgment of our imperfect senses."）[15]．そして，創作の目的は道徳ではないと以下のようにはっきり宣言している．

> The ethical view of the universe involves us at last in so many cruel and absurd contradictions, where the last vestiges of faith, hope,

charity, and even of reason itself, seem ready to perish, that I have come to suspect that the aim of creation cannot be ethical at all. I would fondly believe that its object is purely spectacular: a spectacle for awe, love, adoration, or hate, if you like, but in this view—in this view alone—never for despair! Those visions, delicious or poignant, are a moral end in themselves.[16]

不本意ながら「裏切り」という行為の「結末」に最後まで付き合わされるラズーモフの姿を「西欧の目」から眺め，ラズーモフの行く手には「絶望」しか待ち受けていないことを感じ取ったコンラッドは，まさしく「道徳的に世界を眺めようとすると，ついにはあまりにも多くの残酷で不条理な矛盾に巻き込まれ，ほんのわずかな信条も，希望も，愛も，理性さえも消えそうに思え」たに違いない．ちょうど同じ時期，1908年の終わり頃から1909年の間には「秘密の共有者」に着手し，ラズーモフが告白して身の破滅へと突き進んでいく第4部に取り掛かる前に，まるでこの宣言を実現するかのようにコンラッドは『西欧の目の下に』を中断して「秘密の共有者」を一気に仕上げた[17]．泳ぎの名手であるレガットは簡単に溺死することさえできない（"It's not so easy for a swimmer like me [Leggatt] to commit suicide by drowning." (260)）．レガットはあきらめることができないのである．レガットは，セフォーラ号という場所を失っても，語り手の船まで泳ぎ着き，船長という理解者を得る．レガットは後戻りせず（"I didn't mean to go back"），前に進んだ（"So I went on"）．そして，語り手は，そのような他者を権威や根拠のないまま受け入れ，「地図にものっていない」島に逃がす．立ち止まって "go back" せずクライマックスに向けてテンポよく展開する船長の語りもレガットの前向きな姿勢 ── "go on" ── を実演している．語り手である名前のない船長は，これまでのコンラッドの語り手たちを代表しているようでまたしてもいないというその性質故に，作者の "go on" のためにどうしても必要な語りの立場であり，作者の「名付けえぬ」

分身である．彼に仮託してコンラッドの新しい旅立ちは語られる．レガットとの間の出来事が船長と彼との間で共有される「秘密」であるように，「秘密の共有者」における道徳的判断からの脱却は，作者コンラッドと我々読者の間で共有される「秘密」である．「秘密の共有者」はコンラッドにとって最後の「自己暴露的記録」であり，同時に「新しい運命に向かって」("[a free man, a proud swimmer] striking out for a new destiny")(295)開かれた宣言でもある．

注
1) Moser 140; Guerard 15; Frederick R. Karl, *A Reader's Guide to Joseph Conrad*. Rev. ed. (New York: Farrar, Straus & Giroux, 1997) 230-6; Daleski, '"The Secret Sharer": Questions of Command,' Carabine ed. *Critical Assessments*, 309
2) Baines 355, 357; Lothe 66-7; Daleski, 173; Cedric Watts, *The Deceptive Text: An Introduction to Covert Plot* (New Jersey: Barnes & Noble Books, 1984) 88-9; Hampson, *Joseph Conrad: Betrayal and Identity* 194
3) Baines 355, 357; Daleski, 173; Lothe 67
4) Guerard 22
5) 渡辺ちあき「「秩序」の庭師たち ── コンラッドとユートピア・コロニー ──」『埼玉大学紀要』教育学部（人文・社会科学 I) 第 46 巻第 1 号（1997) 6
6) 御輿哲也『「自己」の遠さ ── コンラッド・ジョイス・ウルフ ──』（近代文芸社, 1997) 45-50
7) Cox 147
8) Guerard 27
9) ただし，カーリーは，レガットを匿うことは正しい行いには該当しないため，船長が正しい行いから幸せな結末を迎えることができたと言い切れないことに触れている．Daniel Curley, "Legate of the Ideal." Ed. Bruce Harkness. *Conrad's Secret Sharer and the Critics* (California: Wadsworth, 1962) 78; Walter F. Wright, *Romance and Tragedy in Joseph Conrad* (New York: Russell & Russell, 1966) 112-3
10) 例えば Stallman 281 や Hewitt 75 を参照．
11) Curley, "Legate of the Ideal." Ed. Bruce Harkness. *Conrad's Secret Sharer and the*

Critics, 75-82

12) Michael Levenson, "Secret History in 'The Secret Sharer." Ed. Daniel R. Schwarz. *"The Secret Sharer": Case Studies in Contemporary Criticism* (New York: Bedford Books, 1997) 166-8.

13) Bonnie Kime Scott, 'Intimacies Engendered in Conrad's "The Secret Sharer,'" Ed. Daniel R. Schwarz. *"The Secret Sharer": Case Studies in Contemporary Criticism,* 197-210

14) Conrad, *The Mirror of the Sea & A Personal Record,* 121

15) Conrad, *The Mirror of the Sea & A Personal Record,* 35

16) Conrad, *The Mirror of the Sea & A Personal Record,* 92

17) Carabine, *The Life and the Art,* 51-2

結　び

　個人としてのコンラッドが自らの「よそ者」あるいは「裏切り者」意識を結局解消したのかどうかは簡単に証明できる性質の問題ではないが，少なくとも彼の前期作品群は，「裏切り者」を発見し解放するまでの軌跡を描いていた．そしてその軌跡を辿ることは，なぜコンラッドが道徳的探究を止めてしまったのかというコンラッド批評における最大の謎の1つを解明する鍵を我々に与えてくれたように思われる．『ナーシサス号の黒人』で見いだされた個の視点「私」は，アフリカの闇の奥への旅を語ることによって自らの闇の奥に「裏切り者」という分身を見いだしてしまう．その「私」の立場から分身に対する道徳的判断にこだわり続けた作者は，とうとう自らの不実さを道徳的に判断しようとするよりは，その不実さを語りの上で逆に利用し始める．『ノストロモ』も『密偵』も語り手が主人公のように不実であることによって成り立っている物語である．内側と外側，よそ者と仲間という区別が消滅した時，そして，ある行為と結果の因果関係が明確に結べなくなった時，コンラッドの中で本格的に自らの「裏切り」の問題と向かう準備が整い，彼は『西欧の目の下に』で自らの伝記的事実と重なる「ロシア的体験」と対峙する．「ロシア的体験」はコンラッドを精神的にも肉体的にも極限状況に追い詰めた．『西欧の目の下に』での「裏切り」の問題との徹底した格闘の最中で執筆された「秘密の共有者」は，道徳的判断の根拠を無効にし「裏切り者」である分身を解放する．
　語り手は裏切りという行為とその結果を因果関係で結び付けようとし，そのことの意味を疑い，ついにはそうした道徳的な思考そのものから解放される．この過程は，「西欧の目の下」での「裏切り者」という他者の発見に始まり，過去のある行為とその結果（責任）を結びつけ判断を下すことに対する疑念の深まりの過程だった．そして最終的にコンラッドは意識的に道徳的な思考の呪

縛を断ち切ろうとした．「秘密の共有者」における判断基準の無効化と「裏切り者」の解放によって，「裏切り」という主題はコンラッドの物語の原動力としての役割を終える．コンラッドは彼の語りを支配していた道徳に囚われた思考の息の根を自ら意識的に止めたのである．その意味で，序文での述べたように，多くの伝統的コンラッド批評家たちが「秘密の共有者」をモラリスト・コンラッドの主要な創作時期の最後を飾る物語と見なしているのは妥当なのかもしれない．とは言っても，かつて，コンラッドが彼にあれほどの芸術的成功をもたらした道徳的探究を後期作品では止めてしまったことを嘆いたコンラッド批評の大御所モーザーに同調しようというのではない．モーザーは，コンラッドが厳しい掟に支配される男性の世界を描くことを止め，もともと「苦手」だった女性や男女の恋愛の問題に手を染めたことが後期作品における想像力の疲弊を招いたと考えた．しかし，最終章で確認したように，「秘密の共有者」は道徳的な問題との決別を新たな出発として語っていた．それを道徳的因果律に囚われた典型的な西欧的思考からの意識的な脱却と見るならば，「今後永久に親しい人の顔を避けて隠れ住み，宿無しとなって地上をさまよう運命」を背負う覚悟で「地図にものっていない」島を目指して泳いで行ったレガットのように「新しい運命に向かって泳ぎ出した自由人」となった後期コンラッドにこそ，モーザーが打ち立てた従来の支配的パラダイムの下では議論の対象にされなかったコンラッドらしさのようなものが見いだされると言えるかもしれないのである．読者としては，それこそまさに「地図にものっていない」島を探す覚悟で，パラダイムや思考の枠組みという「地図」に頼りすぎることなく後期コンラッドのテクストに向かうべきなのであろう．

引用文献

コンラッド・ジョセフ著「闇の奥」中野良夫訳『コンラッド中短編小説集 1』人文書院,1983
コンラッド・ジョセフ著,高見幸郎・橋口稔・矢島剛一・野口啓祐・野口勝子訳『ナーシサス号の黒人　青春　ロード・ジム　勝利』(世界文学大系 86) 筑摩書房,1967
コンラッド・ジョセフ著『ノストロモ』上田勤・日高八郎・鈴木健三訳 (世界文学大系 50) 筑摩書房,1975
コンラッド・ジョセフ著,土岐恒二訳『密偵』岩波文庫,1990
コンラッド・ジョセフ著,篠田一士・土岐恒二訳『西欧の目の下に／青春』集英社,世界文学全集 61,1981
コンラッド・ジョセフ著,小池滋訳「秘密の共有者」『コンラッド中短編小説集 3』人文書院,1983
コンラッド・ジョセフ著,木宮直仁訳『コンラッド自伝』鳥影社,1994
エコ・ウンベルト著,谷口伊兵衛訳『エコの翻訳論 —— エコの翻訳論とエコ作品の翻訳論』教養諸学シリーズ 5,而立書房,1999
荻野昌利『さまよえる旅人たち —— 英米文学に見る近代自我〈彷徨〉の軌跡 ——』研究社,1996
御輿哲也『「自己」の遠さ —— コンラッド・ジョイス・ウルフ ——』近代文芸社,1997.
オニール,パトリック著,遠藤健一監訳,高橋了治,小野寺進訳『言説のフィクション —— ポスト・モダンのナラトロジー』松柏社,2001
カラー,ジョナサン著,富山太佳夫・折島正司訳『ディコンストラクション』全 2 巻,岩波書店,1998
木下善貞『英国小説の「語り」の構造』開文社,1997
杉浦廣治『夢の光芒 ——「ノストロモ」の世界 ——』英宝社,1997
鈴木健三「『闇の奥』の構造 —— コンラッド的複眼について ——」『英語青年』124 巻 No.3 (June 1978) 109-11.
—— 『日和見的小説論』英潮社,1995
武田 (渡辺) ちあき「「秩序」の庭師たち —— コンラッドとユートピア・コロニー ——」『埼玉大学紀要』教育学部 (人文・社会科学 I) 第 46 巻第 1 号 (1997)：1 – 15
—— 『世界の作家　コンラッド —— 人と文学』勉誠出版,2005
ツヴァイク,ポール『冒険の文学 —— 西欧世界における冒険の変遷 ——』中村保男訳,

法政大学，1990

中野好夫編『コンラッド』20世紀英米文学案内3　研究社，1966

ボウルビー，レイチェル『ちょっとみるだけ ―― 世紀末消費文化と文学テクスト ――』高山宏訳，ありな書房，1989

ホブズボーム，E. J.『帝国の時代　1875-1914　1』野口建彦・野口照子訳，みすず書房，1993

―― 『帝国の時代　1875-1914　2』野口建彦・野口照子訳，みすず書房，1993

前田彰一『物語のナラトロジー ―― 言語と文体の分析』彩流社，2004

三ッ木道夫編訳『思想としての翻訳 ―― ゲーテからベンヤミン，ブロッホまで』白水社，2008

望月浩義「『秘密の共有者』に見る帝国」東京農業大学『一般教育学術集報』第27巻　36-40

吉岡栄一『亡命者ジョウゼフ・コンラッドの世界 ―― コンラッドの中・短編小説論』南雲堂，2002

度曾好一『世紀末の知の風景 ―― ダーウィンからロレンスまで ――』南雲堂，1992

Conrad, Joseph. *Almayer's Folly*. 1895: London: Dent, 1967

――., *An Outcast of the Islands*. Oxford: Oxford University Press, 1992

――., *The Nigger of the 'Narcissus.'* Oxford: Oxford University Press, 1984

――., *Heart of Darkness*. 1902: London: Dent, 1967

――., *Lord Jim: A Tale*. Harmondsworth: Penguin, 1986

――., *Nostromo: A Tale of the Seaboard*. London: J.M.Dent, 1995

――., *The Secret Agent: A Simple Tale*. Harmondsworth: Penguin 1990

――., *Under Western Eyes*. Harmondsworth: Penguin, 1996

――., *Typhoon and Other Tales*. Oxford: Oxford University Press, 1986

――., *The Mirror of the Sea & A Personal Record*. Oxford: Oxford University Press, 1988

――., *Chance: A Tale of Two Parts*. Oxford: Oxford University Press, 1986

――., *Notes on Life and Letters*. 1895: London: Dent, 1967.

――., *The Rescue: A Romance of the Shallows*. 1920: London: Dent, 1949

――., *Tales of Hearsay and Last Essay*. London: Dent, 1963

Armstrong, Paul. "Conrad's Contradictory Politics: The Ontology of Society in *Nostromo*," *Twentieth Century Literature*, 31, 1 (1985) 1-21. Rpt. in Joseph Conrad: *Critical Assessments*. vol. 2. Keith Carabine. Robertsbridge: Helm Information, 644-61

引用文献

Baines, Jocelyn. *Joseph Conrad: A Critical Biography*. London: Weidenfeld, 1960
Batchelor, John. *The Life of Joseph Conrad*. 1994; Oxford: Blackwell, 1996
Bender, Todd K. *Literary Impressionism in Jean Rhys, Ford Madox Ford, Joseph Conrad, and Charlotte Bronte*. New York and London: Garland Publishing, Inc., 1997
Berthoud, Jacques *The Major Phase*. Cambridge, Cambridge University Press, 1978
Blantlinger, Patrick. *Rule of Darkness: British Literature and Imperialism 1830-1914*. Ithaca and London: Cornell University Press, 1988
Bonney, William W *Thorns & Arabesque: Contexts for Conrad's Fiction*. Baltimore & London: The Johns Hopkins University Press, 1980
Carabine, Keith. "The Figure Behind the Veil: Conrad and Razumov in *Under Western Eyes*," David R. Smith, ed., *Joseph Conrad's Under Western Eyes: Beginnings, Revisions, Final Forms*. Hamden, CT: Archon Books, 1991 1-26
―――., *The Life and the Art: A Study of Conrad's "Under Western Eyes"*. Amsterdam-Atlanta, GA: Rodopi, 1996
Christmas, Peter. "Conrad's *Nostromo*: A Tale of Europe," *Literature and History*, 6, 1 (Autumn, 1984) 59-81. Rpt. In Carabine ed., *Critical Assessments*, vol. 2, 608-30
Cousineau, Thomas. "The Ambiguity of Razumov's Confession in *Under Western Eyes*," *Conradiana* 18 (1986) : 27-40
Cox, C.B. *Joseph Conrad: The Modern Imagination*. London: J.M. Dent & Sons, 1974.
Crankshaw, Edward. "Conrad and Russia," *Joseph Conrad: A Commemoration*. London: Macmillan, 1976. 91-104
Christmas, Peter "Conrad's *Nostromo*: A Tale of Europe," *Literature and History*, 6, 1 (Autumn, 1984) 59-81. Rpt. In Carabine ed., *Critical Assessments*, vol. 2, 608-30
Curley, Daniel. "Legate of the Ideal." Ed. Bruce Harkness. *Conrad's Secret Sharer and the Critics*. California: Wadsworth, 1962 75-82.
Daleski, H.M. *Joseph Conrad: The Way of Dispossession*. London: Faber and Faber, 1977
―――., '"The Secret Sharer": Questions of Command,' Carabine ed. *Critical Assessments*, 309
Davidson, A. E. "Levels of Plotting in *The Secret Agent*." *Conrad's Endings: A Study of the Five Major Novels*. Ann Arbor: UMI, 1984 55-70
Erdinast-Vulcan, Daphna. *Joseph Conrad and the Modern Temper*. Oxford: Oxford University Press, 1991

——., Daphna Erdinast-Vulcan, '"Heart of Darkness" and the Ends of Man,' *The Conradian*, vol. 28 Number 1 (Spring 2003) 17-33

Fleishman, Avrom, *Conrad's Politics: Community and Anarchy in the Fiction of Joseph Conrad*. Baltimore: The John's Hopkins Press, 1967

Freidman, Allan. *The Moral Quality of Form in the Modern Novel*. Baton Rouge and London: Lousiana State University Press, 1978

Greaney, Michael. *Conrad, Language, and Narrative*. New York: Palgrave, 2002

Guerard, Albert. *Conrad the Novelist*. Cambridge, Mass.: Harvard University Press, 1969

Hampson, Robert. *Joseph Conrad: Betrayal and Identity*. London: Macmillan, 1992

——., "The late novels." *The Cambridge Companion to Joseph Conrad*. Ed. J.H.Stape. Cambridge: Cambridge University Press, 1996 140-59

Hawthorn, Jeremy. *Joseph Conrad: Narrative Technique and Ideological Commitment*. London and New York: Edward Arnold, 1990

Hay, Eloise Knapp "*Under Western Eyes* and the Missing Center," David R. Smith, ed., *Joseph Conrad's Under Western Eyes: Beginnings, Revisions, Final Forms*. Hamden, CT: Archon Books, 1991 121-53

Henricksen, Bruce, *Nomadic Voices: Conrad and the Subject of Narrative*. Urbana and Chicago: University of Illinois Press, 1992

Hewitt, Douglas. *Conrad: A Reassessment*. Cambridge: Bowes & Bowes, 1952

Heynes, Michiel. *Expulsion and the Nineteenth-Century Novel: The Scapegoat in English Realist Fiction*. Oxford: Clarendon Press, 1994

Higdon, David Leon '"His Helpless Prey": Conrad and the Aggressive Text,' Carabine, ed., *Critical Assessments* Vol. 3. 222

——., "Conrad, *Under Western Eyes*, and the Mysteries of Revision," *The Review of English Studies* 39 (1988) 231-44

Higdon, David Leon, and Sheard, Robert F. "The End is the Devil": The Conclusions to Conrad's *Under Western Eyes*." *Studies in the Novel* 19 (1987): 187-96

Howe, Irving. *Politics and the Novel*. 1957; New York: Columbia University Press, 1987

Izsak, Emily K. "*Under Western Eyes* and the problems of serial publication," *The Review of English Studies* 23 (1972) 429-44

Jameson, Fredric. *The Political Unconscious: Narrative as a Socially Symbolic Act*. Ithaca and New York: Cornell University Press, 1981

Jones, Susan. *Conrad and Women*. Oxford: Oxford University Press, 1999

Karl, Frederick and Laurence Davies, ed. *The Collected Letters of Joseph Conrad*, 9 vols. Cambridge: Cambridge University Press, 1987-2007

Karl, Frederick R. *A Reader's Guide to Joseph Conrad*. Rev. ed. New York: Farrar, Straus & Giroux, 1997

Land, Steven K. "Four Views of the Hero," *Conrad and the Paradox of Plot*. London: Macmillan, 1984. rpt. in Harold Bloom, ed., *Joseph Conrad's Nostromo: Modern Critical Interpretations*. New York: Chelsea House Publishers, 1987

Leavis, F.R. *The Great Tradition*. 1948; Harmondsworth: Penguin, 1986

Levenson, Michael. *A Genealogy of Modernism: A Study of English Literary Doctrine 1908-1922*. Cambridge: Cambridge University Press, 1984

——. *Modernism and the Fate of Individuality: Character and Novelistic Form from Conrad to Woolf*. Cambridge: Cambridge UP, 1991

——. "Secret History in "The Secret Sharer." Ed. Daniel R. Schwarz. *"The Secret Sharer": Case Studies in Contemporary Criticism*. New York: Bedford Books, 1997. 232-52.

Lothe, Jacob. *Conrad's Narrative Method*. Oxford: Oxford University Press, 1989

McDonald, Peter. *Literary Culture and Publishing Practice 1880-1914*. Cambridge: Cambridge UP, 1997

Miller, J.Hillis. "The Interpretation of *Lord Jim*," *The Interpretation of Narrative*, Ed. Morton Bloomfield: Harvard, 1970 21-8. Rpt. in Carabine, *Critical Assessments*, vol 2. 218-41

Gustav Morf, "Lord Jim," in *The Polish Heritage of Joseph Conrad*. New York: Haskell House, 1965 rpt. in *Lord Jim*. New York: Norton, 1968 370-1

Moser, Thomas. *Achievement and Decline*. Cambridge, Mass.: Harvard University Press, 1957.

Najder, Zdzisław. "Conrad, Russia and Dostoevsky," *Conrad in Perspective: Essays on Art and Fidelity*. Cambridge: Cambridge University Press, 1997

——. 1983. *Joseph Conrad: A Life*. Rochester, New York: Camden House, 2007.

Palmer, John A. *Joseph Conrad's Fiction: A Study in Literary Growth*. Ithaca, New York, Cornell University Press, 1968

Price, Martin "The Limits of Irony," *Forms of Life: Character and Moral Imagination in the Novel*. New Haven: Yale University Press, 1983 rpt. in Harold Bloom, ed., *Joseph*

Conrad's Nostromo, 68-80

Reily, Jim. *Shadowtime: History and Representation in Hardy, Conrad and George Eliot.* London and New York: Routledge, 1993

Richardson, Brian. *Unnatural Voices: Extreme Narration in Modern and Contemporary Fiction.* Columbus: The Ohio State University Press, 2006

Roberts, Andrew Michael. *Conrad and Masculinity.* New York: Palgrave, 2000

Schwartz, Daniel R. *Conrad: The Later Fiction*, London: Macmillan, 1982

Scott, Bonnie Kime, 'Intimacies Engendered in Conrad's "The Secret Sharer,"' Ed. Daniel R. Schwarz. *"The Secret Sharer": Case Studies in Contemporary Criticism.* 166-8

Sherry, Norman. *Conrad's Eastern World.* Cambridge: Cambridge University Press, 1966

—— . *Conrad's Western World.* Cambridge: Cambridge University Press, 1971

Simmons, Allan H. *Joseph Conrad.* London: Macmillan, 2006

Smith, David R. ed., *Joseph Conrad's Under Western Eyes: Beginnings, Revisions, Final Forms.* Hamden, CT: Archon Books, 1991

Stallman, R.W. "Conrad and 'The Secret Sharer.'" *The Art of Joseph Conrad: A Critical Symposium.* Ed. R.W. Stallman. 1960; Ohio: Ohio University Press, 1982. 275-88.

Stape, John. *The Several Lives of Joseph Conrad.* London: William Heinemann, 2007

Straus, Nina Pelikan. "The Exclusion of the Intended from Secret Sharing," *Joseph Conrad.* New Casebook Ser. London: Macmillan, 1996 48-66

Szittya, Penn R. "Meta-Fiction: The Double Narration in *Under Western Eyes,*" Carabine, ed., *Critical Assessments,* Vol. 3, 185-204

Warren, Robert Penn "On *Nostromo,*" intro. to the Modern library edn. of *Nostromo* (New York, 1951) rpt. in R.W.Stallman, ed., *The Art of Joseph Conrad: A Critical Symposium* 209-27

Watt, Ian, ed., *The Secret Agent: A Casebook* London: Macmillan, 1973

—— ., *Conrad in the Nineteenth Century.* Berkeley & Los Angeles: University of California Press, 1979

—— ., *Conrad: Nostromo.* Landmarks of world literature ser. Cambridge: Cambridge University Press, 1988

Watts, Cedric. *The Deceptive Text: An Introduction to Covert Plot.* New Jersey: Barnes & Noble Books, 1984.

—— . *Joseph Conrad: A Literary Life.* London: Macmillan, 1989.

White, Andrea. *Joseph Conrad and the Adventure Tradition: Constructing and Deconstructing the Imperial Subject.* Cambridge: Cambridge University Press, 1993

Williams, Jeffrey J. *Theory and the Novel: Narrative Reflexivity in the British Novel.* Cambridge: Cambridge University Press, 1998.

Woolf, Virginia. *The Essays of Virginia Woolf*, vol. II. 1912-18, IV. 1925-1928 London: Hogarth Press, 1987

Wright, Walter F. *Romance and Tragedy in Joseph Conrad.* New York: Russell & Russell, 1966

Zabel, Morton Dauwen. "An Introduction to *Under Western Eyes,*" *Conrad: A Collection of Critical Essays.* Englewood Cliffs, New Jersey: Prentice-Hall, Inc., 1966

■著者紹介

山本　薫（やまもと　かおる）

滋賀県立大学国際教育センター准教授
大阪市立大学大学院文学研究科（英文学専攻）博士課程単位取得満期退学
博士（文学：2000 年　大阪市立大学）
主著：'"The Warrior's Soul" and the Question of Community,' *The Conradian* 35.1 (Spring 2010) pp.78-91
「マーロウの耳 ─ 『闇の奥』における聴覚と共同存在 ─」『コンラッド研究』日本コンラッド協会学会誌第 1 号（2009 年 6 月）pp.27-41
'Rescuing the Singular Plurality in Joseph Conrad', 『滋賀県立大学国際教育センター研究紀要』第 14 号（2009 年 12 月）pp.91-101

裏切り者の発見から解放へ
― コンラッド前期作品における道徳的問題 ―

2010 年 8 月 16 日　初版第 1 刷発行

■著　者──山本　薫
■発 行 者──佐藤　守
■発 行 所──株式会社 **大学教育出版**
　　　　　　〒700-0953　岡山市南区西市 855-4
　　　　　　電話(086)244-1268㈹　FAX(086)246-0294
■印刷製本──サンコー印刷㈱

© Kaoru Yamamoto 2010, Printed in Japan
検印省略　落丁・乱丁本はお取り替えいたします。
無断で本書の一部または全部を複写・複製することは禁じられています。

ISBN978-4-86429-008-1